札幌殺人事件　下

内田康夫

角川文庫　13756

目次

第六章　隠された部屋

1

浅見光彦《あさみみつひこ》からの電話があったとき、立花穏代《たちばなやすよ》はいつもより寝過ごして、パジャマ姿で新聞を読んでいるところだった。新聞には〔ひかり公園〕の殺人事件の話が載っていたが、〔ユリアンヌ〕の名前は出ていない。そのことを確かめて、ほっとしたときだけに、浅見の電話の内容は穏代にとって身の凍るような話だった。

浅見は否定的なことを言っていたが、さりとて完全に白井《しらい》が犯人ではないと断言したわけでもなかった。おまけに、殺された人間は白井をつけ狙う「組織」の一員であるかもしれないという。そのことは、一昨日《おととい》の昼間にかかってきた「警察」を名乗る、得体の知れぬ男からの電話と思い合わせても、信憑《しんぴょう》性が高そうだ。

あの浅見という男自体も、素性の分からないことに変わりはなかった。ただし、悪い人間には見えない。見かけだけで判断するのは危険なのかもしれないけれど、穏代のそれなりに鍛えてきた「人を見る目」には、育ちのいい、率直な優しい人のように見える。

その浅見が「白井さんを助けてあげる」ことが、穏代に与えられた選択肢の一つだと言っていた。白井を助けるなんて、自分にできるとは思えないけれど、かといって、浅見の提言を無視するわけにもいかない。

何も手につかないような不安な時間が過ぎてゆく中で、午少《ひる》し前、穏代の心臓を貫くように電話が鳴った。

穏代は例によって用心して「はい」とだけ答えた。

「白井です」と、抑えた声が聞こえた。

「あ、立花です、穏代です、お早うございます。あら、もうこんにちは、かしら」

自分で呆《あき》れるほどどうろたえた。

「いま、ひとり?」

「え?　ええ、独りに決まってますよ」

「失礼、そういう意味じゃなくて、近くに誰もいないかってこと」

「いませんよ」

「そう、それならよかった」

「あの、何か?……」

「ああ……」

白井はしばらく黙ってから、「どう、最近は？」と、曖昧《あいまい》に訊《き》いた。最近といったって、つい一昨日、電話があったばかりなのに――と思ったが、穏代は笑えなかった。

「昨夜、お店に刑事さんが来たんです」

「ほう、刑事が？　どうしたの？」

「ひかり公園で殺人事件があったの、知ってます？」

「ああ、あったらしいね。そうすると、その聞込み捜査かな」

「ええ、現場にうちのお店のマッチが落ちていて、それに被害者の指紋がついていたんですって」

「えっ、そうだったの……」

ちょっとショックを受けたような声だ。

「それで、死んだ人の写真を見せられたりして、さんざんでした」

穏代は無意識に恨みがましい口調になっていた。

「そうですか、それは気の毒に……で、どうだったの？」

「どうって……」

穏代はどう答えればいいのか戸惑った。

「その殺された人というのが、前の晩にうちに見えた、ほら、白井さんからお電話があったときに、ちょうど傍にいらしたお客様で、山田さんておっしゃった、あのお客様なんです」

「ふーん、そうか、その人なのか」

あまり驚いたような感じではない。

「それじゃ、刑事にいろいろ訊かれたね。刑事はなんて言っていた？」

「べつに、たいしたことは訊かれませんでした。ただ、私のほうは、そのお客様は山田さんて名乗ってらしたけれど、私の印象では偽名を使っていたような気がするって言いましたけど」

「それだけ？」

「ええ、それだけです」

「そう、それなら、関わり合いになるような心配はなさそうだね」

「でも、刑事さんはまた来るって言ってました」

「来てもどうってことはないでしょう。ただのフリーのお客なんだから」

「ええ、それはまあ、そうですけど……ただ、ちょっと気になるんですけど」

「何が？」

問い返されて、穏代は気持ちが萎《な》えそうになった。白井さんに疑惑をぶつけるなんて、私にはできない――と思いかけた。もし白井が、「何か気になることがあるなら、僕に言ってみてよ」と言わなければ、たぶん黙ってしまったにちがいない。

「あの、午後八時九分のことですけど」

口からこぼれ出た瞬間、（ああ、もう引き返せないんだ――）と思った。

「午後八時九分？　それがどうしたの？」

「白井さんにそうお伝えするようにって、お電話があったでしょう。そのときの『午後八時九分』ですけど、事件のニュースを知ったとき、それに意味があるんじゃないかって、そう思ったんです」

「ふーん、どんな意味があるって？」

穏代は悲しくなった。ここまで言っているのに、白井はまだとぼけようとするのか――と思った。しかし、その一方では、もしかすると、これはあの浅見の邪推にすぎないのかもしれない――という思いもある。

「あの事件があった場所、ひかり公園の住所は、南8条西9丁目《みなみはちじょうにし》でしたから……それに、その前の北大植物園の事件のときは、午前三時十分で、事件現場は北3条西10丁目でした」

穏代が言いおえて、ピタッと口を閉ざしてから、ずいぶん長い沈黙が流れた。電話の向こうに、かすかな溜息《ためいき》を聞いたような気がした。

「そう、気がついたのか」

白井は静かに言った。

「きみの考えたとおりだよ。驚いたなあ、そんなこと、気づくはずがないと思っていたけどねえ。もっとも、あんなことが二度も重なったから、見破られても仕方がないか」

「じゃあ、あれは白井さんが？……」

「いや、それは違うんだ。と言っても、信じてくれないかな。警察だと、もっと信じないだろうけどね」

「警察になんか言いませんよ」

穏代は強い口調で言った。

「そう……ありがとう。しかしきみには、弁解ではないが、説明しておかなければならないな。もしいやでなければね」

「いやだなんて、そんな……あの、いまどちらですか？　すぐに行きますけど」

「ありがとう。ただ、気をつけないとね。いろいろ、うるさい連中がつきまとっている危険性がある。いずれ僕のほうから会いに行きますよ」

「いつですか？」

「それも言わないほうがいい。災難は忘れたころにやって来ると思っていてください」

最後は笑いを含んだ声で言って、あっけなく電話が切れた。

受話器を置いたままの恰好《かっこう》で、穏代はしばらくそうしていた。それから、部屋を見回した。うるさい連中がつきまとっているかもしれないという白井の言葉には現実味があった。

窓のカーテンの隙間から外を見下ろす。道路に停まっている車にも、何かよからぬ意志があるような気がしてくる。美容室への行き帰りには、たえず前後左右に気を配った。

夕刻になって、店に出るときには、帰ったとき、もしも部屋の中の様子に少しでも変化があれば、それと分かるように、きちんと整理してその情景を頭に刻み込んだ。

地下鉄でも街を歩いていても、周囲のどこかに視線を感じて、ノイローゼになりそうだった。〔ユリアンヌ〕のあるビルに入って、管理人のおじさんの丸い笑顔と挨拶《あいさつ》を交わして、ようやく、自分の城に辿《たど》り着《つ》いたようにほっとした。

エレベーターが二階に停まって、ふと顔を上げると、目の前にコート姿の白井信吾《しんご》が乗り込んで、腕を伸ばし、三階のボタンを押していた。

「下りよう」

耳許《みみもと》で囁《ささや》いて、穏代の腕を摑《つか》むと、開いたドアを出た。

このビルの三階にはクラブよりも食べ物屋が多い。時分どきとあって、どの店もお客で賑《にぎ》わっている。それを尻目《しりめ》に、廊下をどんどん歩いて、反対側の階段を下りた。

腕は放してくれていたが、穏代は白井に従《つ》いていくために、小走りに歩いた。胸が少女のときのようにときめき、わけもないのに涙が出そうで困った。

一階フロアに下りると、白井は柱の陰から左右をチェックして表に出た。まるで『逃亡者』の映画でも見ているような気分だった。「どこへ?」とも、「どうしたの?」とも訊けない緊迫感が白井の全身に漲《みなぎ》っている。

すすきの交番の前からタクシーに乗った。白井が交番に対しては、まったく警戒していない様子なので、穏代はほっとした。なにはともあれ警察に追われているわけではないらしい——と思った。

白井は運転手に「白石《しろいし》駅前へやってくれ」と言った。

豊平川《とよひら》を渡ると白石区である。白石は「シロイシ」と読む。明治維新のさい、睦奥《むつの》国《くに》白石藩の武士たちがここに移り住んだのが、発祥と地名の由来だ。早くから軽工業を中心とする商工業の町として栄え、街の雰囲気には、どことなく東京の台東《たいとう》区や江《こう》東《とう》区と似た印象がある。

ススキノから二十分ほど走っただろうか。白井は「駅へ」と命じたはずだが、駅の少し手前で「ここでいい」と変更した。すでに夜の闇は深くなっているが、穏代のおぼろげな記憶では、この辺りは白石区本通という地域のはずだ。

タクシーを降りると、いったん西の方角の路地を入り、グルッと回って、タクシーをやり過ごしておいてから、今度は逆に東側のブロックに入り込んだ。

「ずいぶん用心深いんですね」

穏代はおかしそうに言ったが、実際は喉《のど》がカラカラなほど緊張していた。

「悪いね、驚かして。ここは隠しておきたい場所なものだから」

白井は優しい声で言った。歩き方もずいぶんゆっくりして、穏代の足の運びに合わせる余裕が生じているらしい。

路地に入る角に公衆電話がある。白井は自分は路地に引き下がったまま、電話ボックスを指差して、穏代に「お店、少し遅れるって電話しておいたほうがいいね」と言った。

電話には加奈子《かなこ》が出た。「もうお客様、見えてますよ」と言う。時計を見るとまだ七時前、いくら出足のいいお客にしても早すぎる時刻だ。

「あらそう、どなたかしら？」

「初めてのお客様がお二人で」

「そう、悪いわね。ちょっと遅くなるから、よろしくお願いね」

電話を切ってそのことを報告すると、白井は（やはり――）というように頷《うなず》いた。

「悪い人なんですか？」

素朴な言い方だったので、白井は「ははは、悪い人か……」と笑った。

「そうかもしれないし、ただのお客さんかもしれないが、用心するに越したことはないだろうね」

肩を抱くようにして、路地を曲がり、三階までしかない、小さなマンションに入った。最近の大型マンションブームが始まる前にできたらしい、少し古くなりかかった、ごく質素な建物だ。自転車やバイクなどが玄関ホールを狭くしている。どこかの部屋から、子供の騒ぐ声やテレビの音が聞こえてきた。

2

階段で三階まで上がり、廊下のいちばん奥のドアを鍵《かぎ》を使って開けた。ドアには305の番号以外、表札も何もない。

玄関に入って、白井は手探りでスイッチを押した。とっつきがすぐにダイニングキッチンになっている。左手の窓際には流し台が見えた。フローリングの床にダイニングテーブルと椅子が四つ、右側の壁際に簡単な食器が少し入った棚、それに電気ストーブがあるだけで、ガランとして空気がむやみに冷たかった。

部屋はずいぶん長いこと使っていないらしい。掃除もしていないのか、床や調度品にはうっすらと白く埃《ほこり》が浮いた感じだ。「靴のままでいいよ」と白井に言われ、穏代は恐る恐る床に上がった。

　右手に洗面所かバスルームらしいドアが、正面には奥の部屋へつづくドアがあったが、白井はそっちへは行かず、椅子を勧め、ストーブをつけてから、「もうしばらくは寒いよ」と稔代のコートの襟を立てさせた。

「ここ、白井さんのお部屋なんですか？」

「ああ、まあ、そんなところかな。ほとんど使っていないが、名義は僕のものになっているからね」

「こんなお部屋があるのに、わざわざホテルになんかお泊まりになって、もったいないじゃないですか」

「いや、いろいろ事情があってね……」

「どんな事情かしら？　どなたか、いいひとが住んでいらしたとか」

　もちろん冗談で言ったつもりなのに、白井は笑うどころか、驚いたような目で稔代を見つめた。稔代は「ごめんなさい、変なこと言って」と、慌てて視線を逸《そ》らした。なんだか気まずい雰囲気が漂った。

　白井は稔代のために椅子の上の埃を払い、自分はテーブルの向かい側に坐《すわ》った。白井のコート姿のせいか、そうすると、なんとなく、テレビドラマで見る警察の取調室のような雰囲気であった。

「ママがあの伝言の謎を解いたのには、驚いたよ」

白井は笑いながら言った。

「いつごろ、気がついたの?」

「いつって……」

穏代は隠してはおけないと思った。

「あの、ほんとのことを言うと、あれはお店のお客様が教えてくれたんです」

「えっ、お客が?……」

白井の表情が強張《こわば》った。いまにも叱られそうな気がして、穏代は急いで、昨日の晩、店であったことを説明した。「午前三時十分」が北大植物園の「北3条西10丁目」と符合し、「午後八時九分」が〔ひかり公園〕の「南8条西9丁目」と符合することを白井に言うように勧めたのは、じつは浅見という、東京のルポライターであることを話すと、白井は眉《まゆ》をひそめた。

「浅見? 浅見光彦って言わなかった?」

「ええ、そうです。白井さんとお知り合いで、札幌のホテルでもお会いしたって言ってましたけど、じゃあ、ほんとのことだったんですね」

穏代はほっとしたが、白井は暗い顔で首を横に振った。

「いや、知り合いといったって、ホテルのエレベーターで一度会っただけだよ。名刺をくれたが」

　ポケットをまさぐって名刺を出した。

「もっとも、彼のほうは以前にも二度ばかり会ったと言っていたが、僕は憶《おぼ》えていない。たぶん口から出まかせを言っていたのだと思うが、しかし何者かな？」

「悪い人じゃないと思います」

「それにしても、目的は何だろう？　午前三時十分と午後八時九分のことに気がついていながら、警察にも知らせないというのは、何か目的があってのことだと思うが」

　穏代は胸が苦しくなった。越川《こしかわ》夫人が浅見の「依頼人」であることは、ポロ・エンタープライズと白井の関係を悪くしないために、伏せていなければならないのかもしれないが、それを言わなければすべてを説明することができない。

「ポロ・エンタープライズの奥さんに頼まれたと言ってました」

「えっ、越川夫人に？」

「戸田亘《とだわたる》という人の行方を捜してくれるよう、頼まれたのだそうですけど」

「ふーん……」

「白井さんはご存じなんですか？」

　さりげなく言ったつもりだが、この質問こそは、白井を信じていいかどうかを決定づける岐路になる――と穏代は思った。

「知っている」と白井は言った。さっきのように、とぼけたり誤魔化したりしなかったことで、穏代は胸の支《つか》えが下りたように、急に全身が温かくなった。

「そうか、それで八月三十一日に札幌駅で会ったなどと言ったのか……しかし、なぜ札幌駅だとか北斗8号が出てきたのかな?」

独り言のように呟《つぶや》いた。その意味は分からないが、穏代も思い出した。

「そういえば、浅見さんは函館《はこだて》へ行ったとか話してました。函館のなんとかいうプロモート会社を訪ねてきたとか。白井さんもご存じなのでしょう?」

「ふーん、そうなの……だとすると、宮下企画へ行って何か探り出そうとしたんだな。それにしても、どうしてそんなことを思いつくのだろう?」

眼鏡の奥の白井の目が気掛かりそうに曇ったのが、穏代にはまた不安だった。

「あの、戸田さんていう人はどうなっちゃったんですか? まさか……」

「ん? あはは、妙な心配はしなくてもいいよ。僕は殺し屋じゃないのだからね。ただ、ちょっとした事故があって……分かった、越川夫人のほうには手を打っておこう。それにしても、いろいろ教えてくれてありがとう。ほんとに助かったよ」

白井は小さく頭を下げた。

「ところで、そのママにこんなことを言うのは失礼かもしれないが、このことは秘密にしておいてもらいたいんだ」

「そんなの、言われなくたって分かってますよ」

穏代は口を尖《とが》らせた。

「ただ……浅見さんにはどうしたらいいのかしら？　きょう、こうして白井さんとお会いすることになったのも、浅見さんのお陰みたいなものですし、隠しておけない気がするんですけど」

「うーん、そうだな。しかし黙っていてくれないと困る。浅見氏には、これ以上深入りすると生命に関わるとでも言っておいてくれないか。それで、彼が警察に通報したら仕方がないが、これまでもそうしないということは、おそらく彼のほうにも何か後ろ暗いことがあるにちがいない」

「浅見さんは警察には行かないと思います。そう約束しましたから。それにあの人、白井さんを助けるために、居場所を訊《き》いておくようにと言ってたんです」

「僕を助けるって？」

「ええ、私には選択肢が二つあって、一つは警察に届けること、もう一つは白井さんを直接助けてあげることだって言ってました」

「ふーん、そんなことを言ってるのか。不思議な人物だね」

白井は聡明《そうめい》そうな目を天井に向けて、しばらく考えてから、「とにかく、彼の素性を調べてみよう。それまでは黙っていてくれないか」と言った。穏代は「はい」と頷《うなず》いた。

「さて、それじゃ送っていこう」

白井は立ち上がってストーブを消した。

「すっかり営業妨害をしちゃったな。おまけに、当分のあいだはユリアンヌにも飲みに行けないのだから、悪い客だ」

「そんなこと……」

穏代は泣きそうな顔になった。

「それより、白井さんにお会いするには、どうしたらいいんですか？」

「僕に？　どうして？」

「だって、とても不安になって……そうじゃなくて、あの、お会いしたいんです」

穏代は白井の視線から逃れるように、白井に寄り添うと、コートの襟に顔を埋《うず》めた。

白井は反射的に受け止め、左右から穏代の肩を挟んだが、そこまでで、当惑したように動かなくなった。

穏代は肩を抱く白井の手のぎごちなさは、彼の遠慮のせいだと思っていた。その遠慮もやがて溶けて、胸の奥深く温かい抱擁で迎えてくれることを祈り、信じていたかった。

白井は左手を穏代の肩から外し、その代わりのように右手を背中に回して、「あっちへ来てくれますか」と言った。

ほんの数歩のところに奥の部屋へつづくドアがある。穏代は心臓が苦しくなった。いざというときになって、尻込《しりご》みしたい気持ちと、幸福への期待感とが交錯して、目の眩《くら》むような想いだった。

白井の手がドアを開けた。ほの暗い部屋には、真ん中正面にクリーム色のベッドカバーをかけたダブルベッドが見えた。穏代は白井の腕の中でいっそう小さくなった。

白井は部屋に一歩足を踏み入れ、壁のスイッチを押した。

はっ——と息を飲む光景であった。

ダイニングルームの殺風景さとは一変して、この部屋は上等なホテルの寝室のように、すべての調度が整っていた。

中央のダブルベッドは、いかにも新妻が好みそうな、清楚《せいそ》だがどこか艶《なま》めかしい雰囲気を湛《たた》えている。壁際にはパープルに金の縁取りのある洒落《しゃれ》たサイドボードがある。ベッドの足許《あしもと》の方角の壁にはテレビ、丈の低いタンス。部屋の隅には豪華なシェードの電気スタンド。ベッドの枕許の両脇には中国製のナイトテーブル……。

だが、まるで新婚夫婦を迎えるような雰囲気の中に入り込みながら、穏代の心は雪の結晶が目に刺さったように凍《い》てついた。

ベッドの右側のナイトテーブルの上には、四つ切りサイズの女性の写真が、象牙《ぞうげ》色の額に収まって、飾られていた。

「あれは妻です、直子《なおこ》という」

穏代の視線が写真に釘付《くぎづ》けになっているのを悟って、白井は悲しげに言った。

「十二年前に、銃で撃たれて死にました」

「まあ……」

穏代は思わず後ずさった。振り返った白井は、穏代の視線から亡き妻の写真を守るように、両手を垂らした恰好《かっこう》で佇《たたず》んだ。

「直子は一人でこの部屋に住んで、私を迎えてくれた。その日も、ススキノで私と待ち合わせるためにマンションを出た直後、銃で撃たれたのです。それ以来、この部屋を直子のために残してある。恨みを晴らすまでは、このままにしておくつもりです」

十二年の歳月を物語るように、写真はいくぶん色褪《いろあ》せたように見えた。

「あの、奥さんは、なぜ、誰に撃たれたんですか？」

穏代はようやくの思いで訊いた。

「分かりません。警察の調べでは、暴力団の抗争のとばっちりで、流れ弾に当たったのだろうということだが……」

「恨みを晴らすって……あの、それは犯人を捕まえるということですか？」

「そう、捕まえるか、さもなくば殺すか」

「でも、犯人が誰なのか、分からないんじゃありませんの？」

「いまはね……しかし希望は捨てていませんよ」

白井は頬を歪《ゆが》めて笑い、ゆっくりした足取りで寝室を出て、ドアを閉め、あらためて穏代に向き直った。

「さて、これであなたの私への気持ちも、すっかり冷めたでしょう」

「そんな……分かりません……いまは。だって、あんまり突然のことなんですもの、動揺してしまって……」

「いや、無理をすることはない。私はそういう宿命を背負って生きている男だと思ってください。もし、そんなことがなければ、私もあなたを愛しているだろうけれど、この仕事を果たすまでは、だめ……」

最後の「だめ……」は、溜息《ためいき》と一緒に口からこぼれた。

「だったら……」と、穏代は衝《つ》き動かされるように言った。

「それまで、待っています。白井さんのお仕事が終わるまで……」

「そう、待っていてくれる？」

白井はしばらく穏代を見つめてから、スッと近寄って、両手で穏代の頬を挟むようにして、額にキスをした。

穏代は、まるで恋知りそめた少女のように、身を硬くしてじっと目を閉じた。

兄から中途半端な情報を聞いたために、浅見の危惧《きぐ》は時間とともに増殖していった。いまや白井信吾の毒牙《どくが》が立花穏代に襲いかかる幻想さえ思い描けるほどだ。

浅見はふたたび受話器を握って、札幌中央署の井口《いぐち》に電話した。退庁時刻を過ぎていたが、さいわい井口は席にいて、「あ、浅見さん」と親しげな声で応じた。

「昨日はどうも。いやあ、あれからすっかり考えさせられました。そんなこともあって、その後の経過など、いささかお知らせしたいことがあったもんで、お電話したのですがね……浅見さん、いま、ご自宅ですか？」

「いいえ、まだ札幌にいます」

「えっ、札幌？　じゃあ、東京に帰られたのではなかったのですか」

「ええ、事件解決の目鼻がつくまでは、帰れそうにありません」

「そうですかァ」

感動したような口ぶりだ。どうやら井口はかなりの感激屋のようだ。

「その後、何か変わったことがあったのですか？」

浅見は訊いた。

3

「ああ、例の、サッポロドームのことですがね、いよいよ動きだしました」

「えっ、動きだした——というと？」

「ずっと凍結状態にあったのだが、昨日、市議会で質疑応答が交わされましてね……とにかく、電話ではなんだから、どこかで会いましょう。ちょうど帰ろうとしてたところです。浅見さん、現在地はどこです？」

「桑園《そうえん》シティホテルというところです」

「ああ、じゃあここから近い。すぐに行きますよ」

一方的に言って、電話を切った。近いといっても二キロぐらいはある。三十分ぐらいはかかりそうだと思っていたら、ものの五分と経たずにロビーから電話が入った。何のことはない、マイカーで来たのだそうだ。

「えっ、歩いて来ると思ったんですか？　ははは、北海道じゃ車は必需品ですよ」

井口が大口を開けて笑った。

ロビーの脇にある軽食と喫茶のコーナーに落ち着いて、二人ともハンバーグ定食というのを注文した。井口はそれにラーメンをつけたかったらしいが、ウェートレスに「ラーメンはありません」と、冷ややかに断わられて、諦《あきら》めた。

「これが昨日の議事録のコピーですよ」

井口は早速、封筒の中から書類を取り出した。表紙に「平成×年　第××回　札幌市議会本会議会議録」と印刷されている。

「サッポロドーム計画は、凍結というより、ほとんど挫折《ざせつ》といっていいような絶望的な状況だったのですがね、それがにわかに動きはじめた。まあ、とにかくこいつを見てください。表面上はじつにきれいごとで纏《まと》まっているが、その裏に何があるのか、そいつは後でお話ししますよ」

浅見は言われるままに議事録のページを繰り、赤いマークで囲んだ必要な部分だけを、大急ぎで読んだ。


十月十九日の札幌市議会では、保守系与党の石井《いしい》議員から「スポーツ振興について」と題する質問が行なわれた。

その質問の中で、石井は「全天候型多目的施設」に関する部分をとくに強調している。石井は冒頭、磯貝《いそがい》札幌市長のスポーツ振興に対する積極的な姿勢を高く評価する――と持ち上げておいて、東京、福岡など、各地でドーム型スポーツ施設が建設されている中、わが札幌においても、緊急の課題として、その計画推進が急がれる――と述べ、ドームが単にスポーツ施設のみならず、コンサート等、各種イベント用にフル稼働すれば、直接、間接に札幌市の財政に寄与することになるだろうとつづけた。

「いわゆるサッポロドーム建設計画は、諸般の事情によっていったんは凍結の状態におかれておりますが、国内外の景気が回復基調にあるこの時期、札幌市としても、建設推進に力を注ぐべきときが来たと、私は考えるものであります。

漏れ承るところによりますと、すでに、市長および市当局としては、札幌市郊外の羊ケ丘《ひつじがおか》をその用地に内定し、その取得交渉を行なっているとのことでありますが、それが事実であるならば、まことに喜ばしい次第であります。わが党の多くの議員も、羊ケ丘地区の用地こそ、面積、形状、および、地下鉄福住《ふくずみ》駅に近接しており、大量の観客を運べるなど、ドームの設置にふさわしい土地であると考えていたところであります。

そこで市長に質問させていただきたいのですが、全天候型多目的施設については、札幌市の第三次長期計画にのっとった事業として、その実施に当たり、当初の段階から札幌経済界が大きな役割を果たすべく、民間主導型事業として位置づけられ今日にいたっておりますが、現時点において、市長はこのドーム建設についてどのようにお考えになっておられるかお伺いいたします」

これに対して、磯貝市長は、サッポロドーム建設に対する石井議員の熱意あるお考えに敬意を表する——と前置きして、サッポロドームは札幌市民のみならず、北海道道民すべての希望の象徴であり、自分もドーム建設を積極的に推進していく考えであることを表明した。

「石井議員ご指摘の羊ヶ丘地区に関しましては、市といたしましても、現時点における、ドーム建設の最適地であるという認識を持っております。

羊ヶ丘には国の北海道農業試験場がございまして、その一部を取得する問題につきましても、取得時期の見通し等、逐次、協議を行なっておるところであります。国では、道内三カ所にあります畑作研究部門を十勝《とかち》管内の芽室町《めむろちょう》に移転整備をする計画があり、羊ヶ丘にあります試験場の一部も、その移転対象となっております。この移転に伴う三十一ヘクタールの跡地につきましては、これまでに国との話し合いが進められ、両三年後には取得可能の見込みであります。

しかしながら、この全天候型施設の建設や管理運営に当たりましては、なおいくつかの問題を克服いたさなければならないわけであります。たとえば、本プロジェクトには多大の経費を要し、その資金の調達等に大きな課題があり、現在、経済界や北海道、札幌市などの関係者で組織しておりますサッポロドーム推進会議において、事業内容、資金調達等、いろいろな観点から調査研究に取り組んでいるところであります。

回復基調にあるとはいえ、なおまだ経済が低迷している現状を考えれば、困難な問題も多々あることも事実でありますが、市といたしましては、今後とも推進会議と密接に連携を図りながら、ご指摘にありますところの民間活力を活《い》かすという点を踏まえたうえで、建設の推進に向け、一層の検討を進めてまいりたいと考えております」

つづいて、石井議員の同僚である柴田《しばた》議員から関連質問が行なわれた。

「ドーム建設に当たっては民活中心の事業であるべしというのは、本来的にはもっともな思想であると承知いたしておりますが、そうは言いましても、市長の言われるように、経済が低迷しておる今日、なかなか難しい問題であることも事実であります。

その一方、北海道のような季節的ハンディのある地域としては、そこに住む人びとが、温暖な地域の人びとと等しい市民生活をエンジョイするためにも、かかる全天候型施設によって、冬季の屋内スポーツ場を確保し提供することは、当該地方のみならず、国家行政の果たすべきひとつの義務といえるのではないでしょうか。

このような見地に立ちまして、私はこのさい、サッポロドーム建設については、道《どう》、市ばかりでなく、国の財政にもなにぶんかのご負担をお願いするのが妥当ではないかと、かように考えるものでありますが、市長のお考えをお聞かせください」

これに対して市長は、民活あるいは道、市独自路線による建設が望ましいとしながら、次のように述べた。

「先に申し述べましたように、羊ケ丘の国有地を取得することなど、すでに交渉は実りある段階に達している一方、スポーツ振興の観点に立った財政的補助につきましても、北海道という特殊条件を勘案したご配慮をいただけるよう、国に対して強く要請いたしておるところでありまして、北海道開発庁はもとより、大蔵省および文部省、科学技術庁その他、関係各省庁および地元選出議員の諸先生への陳情を継続いたしております。

とりわけ、江場昭義《えばあきよし》北海道開発庁長官は北海道選出の代議士先生であり、かねてよりサッポロドーム建設の早期実現に熱心に取り組んでおられます。江場長官を通じて、政府与党のご意向のとりまとめが順調に進んでいることを、私見ではありますが、ご報告いたしたいと思う次第であります」


浅見が議事録の必要部分を読みおえるころには、ハンバーグ定食は半分ほどが胃の中に収まっていた。

「なかなかよくできているでしょう」

井口は面白そうに言った。

「だいたい、こんなのは、あらかじめ台本ができていて、質問も答弁も作文を読み上げるだけなんだから、美辞麗句の羅列みたいなもんです。しかし、議事録には書かれていない非公式発言はすごかったらしい。質疑応答が行なわれている議場では野次や不規則発言が飛び交っていたそうですよ。ことに、江場開発庁長官に関する部分では、野党議員ばかりでなく、与党議員席からも皮肉を込めた野次が聞こえたっていうことです」

「そういえば、昨日の晩、テレビでそのニュースをチラッと見ましたよ」

浅見は思い出して言った。

もちろん、ニュースとしてテレビや新聞で報じられるのを見ても、そういった議場の混乱した様子は伝えられていない。

テレビでは代表質問者がアップで映り、サワリの部分の音声が流れる。やがて切り換わって市長の「前向き」の答弁があり、「今議会の会期中に、一部野党を除く市議会の総意として、サッポロドーム建設の推進を議決して、明年度予算編成の軸に組み込むことになりそうです」とアナウンサーが解説を締めくくっていた。

単に、サッポロドーム建設計画が、市議会でもいよいよ実現へ向けて動きだした――という趣旨のことを短く伝えるものであった。これでは、一般市民はサッポロドーム建設の美名の裏に、ドロドロしたものがあることなど、まったく知りえるはずがない。

「あんな市議会の質疑応答なんてやつは、とんだ茶番劇みたいなもんですよ」

井口部長刑事は、汚ない物を吐き出すような口調で言った。

「だいたい、サッポロドームの建設は与野党を通じて、いわば『錦《にしき》の御旗《みはた》』みたいな大義名分的な存在ですからね。素朴な市民感情からいえば、ドームがないよりあったほうがいいに決まっている。議員先生たちとしては、与野党を問わず、市民の期待感を逆撫《さかな》でするような真似はできっこないのです」

道水産部の贈収賄事件捜査などを通じて、「茶番劇」の裏で、黒衣《くろご》どもが糸を引いている現実を熟知している井口としては、苦々しい思いを抑えられないのだろう。

「ただし、総論賛成であっても、現実の利権絡みの話となると、先生方それぞれの思惑がぶつかり合う。それが議場での不規則発言や野次になるのだから、そりゃ聞くに堪えないものすごいもんです」

「それで、どうなんですか。このまますんなり、何の軋轢《あつれき》もなく、サッポロドームの建設は進むのでしょうか」

「表向きは、ですな」

井口はますます面白くなさそうだ。

「多少の反対意見はあっても、建設推進の議決は満場一致に近い形で行なわれますよ。しかし、問題はそこから先で、はたして江場開発庁長官の思惑どおり、事業が福岡県の経和重工《けいわじゅうこう》主体で進められるのかどうかですな」

「やはり、経和重工の問題がネックになりそうですね」

「まあ、当然でしょう。議員先生の中には、過程がどうであれ、結果として、国の援助が引き出せて、サッポロドームが建設されれば、それでいいではないか——という物分かりのいい方もいますがね。サッポロドームのような、いわば札幌の歴史に残るモニュメントを、経和重工ごとき余所者《よそもの》の手に委《ゆだ》ねるのをよしとしない、強硬意見も根強いものがあるのです。とくに、議員先生の多くは地場産業を支持者に抱えているだけに、トンビに油揚げをさらわれるのを、指をくわえて見ているわけにはいかないですよ」

「しかし、そんなことで、いつまでもすったもんだをやっていたら、またまたサッポロドーム計画はお流れということになりはしませんか」

「それなんですよ。経和重工は憎いが、さりとて、江場北海道開発庁長官に逆らって、国との関係がぎくしゃくして、その結果、サッポロドーム計画そのものが頓挫《とんざ》してしまうような、アブハチ取らずになるのは、絶対に避けなければならない。国のお墨付きが得られれば、北海道東北開発公庫からの資金融資は、周辺の環境整備も含め、およそ三百億円が見込まれるという噂ですからね」

「三百億？」

「そうですよ。じつは、サッポロドーム計画の真の狙いはそこにある――などと、うがった見方をするむきもあるほどなのですよ」

「えっ、どういうことですか、それは？」

「要するに、その三百億円の一部がどこかへ行くという話です。それがどこかは、自分の立場では言えませんがね」

「なるほど……」

浅見にも漠然と理解できる。三百億のかりに一割としても三十億円だ。その金が、何らかの形に変わって、中央や地方の政治資金へと還流される図式は想像に難くない。

この美味《おい》しい油揚げを前にしては、かなりの不満があろうと、譲歩もやむをえない——というのが、市議会の大勢にちがいない。相手が江場長官一人ならともかく、なにしろ、現実に江場は北海道開発庁の長官なのだし、背後には江場の所属する保守党最大の派閥が控えているだけに、抵抗にもおのずから限界があることは事実だ。

議事録に書かれているような、表面上の公式的な、現在進行しつつある事象と、徳永から預かった資料を照らし合わせると、そういった陰の部分で錯綜《さくそう》する人びとの思惑が見えてくる。

国や地方自治体が関与する大きな事業のすべてが、こういった利権争いの材料になっているとは思いたくないが、それもまた現実であることも否定できない。

4

「何より頭にくるのはです」と、井口部長刑事は歯ぎしりするような顔で言った。

「土現の大山所長が死んだとたん、待ってましたとばかりに、ドーム問題が再浮上してきたことですよ。函館の港湾施設とサッポロドームと、一見、何の関係もないような事業だが、この一事をもってしても、公共事業の利権絡みの話は、どこからどこまでも一本の鎖で繋《つな》がっているということが分かる。大山が死んで、おまけに原野部長が不起訴になって、とりあえず危険が去ったもんだから、それまで頭《こうべ》を低くしていた連中が、大喜びで隠れ家から現われたってわけですな」

「しかし、それは同時に、チャンスでもあるのでしょう？」

浅見は素朴な訊《き》き方をした。

「彼らがほっとしたいま、どこかに油断と隙があるはずですよ」

「そのとおり！」

井口は、わが意を得たり——と、テーブルを叩《たた》き大声を発して、遠くのほうからウエートレスに睨《にら》まれた。

「まさに浅見さんの言われたとおり、自分はその油断に付け込むつもりです。じつは、自分なりに成算がありましてね」

得意そうに鼻をうごめかした。

「原野氏ですね」

浅見は合の手のように、軽く言った。

「えっ……そう、そうですが、よく分かりますなあ」

「ええ、原野氏の不起訴は、彼らの油断の象徴のようなものですからね。しかし、同時にそれは千丈の堤の蟻穴《ぎけつ》のようなウィークポイントでもあるわけでしょう。原野氏の身辺を追っていれば、何か出てきそうです」

「うーん、まさにそのとおり。浅見さん、あんた、ルポライターなんかやめて、デカか探偵にでもなったほうがいいんじゃないですかなあ。素質がありますよ」

「ありがとうございます。考えてみます」

浅見は苦笑しながら、頭を下げた。こんな言葉を恐怖の母親に聞かれたら、またぞろ一悶着《ひともんちゃく》ありそうだ。

「ところで井口さん、北大植物園とひかり公園の殺人事件のほうは、その後、どうなっていますか?」

「ああ、あっちのほうは自分の管轄外ですがね、どうやら難航しそうですな。両方ともガイシャの身元が判明するまで手間がかかるらしい。ちょっと聞いた話では、外国人の疑いもあるとかいう話ですよ」

「えっ、外国人?」

そんな話は新聞にもテレビにも出ていないので、浅見は瞬間、奇異な感じがした。「外国人」と聞くと、反射的に欧米人を連想するが、考えてみると韓国人も中国人も外国人であることに変わりはない。顔つきは日本人とそっくりだから、事件発生時には気づかなかったにしても、その後の調べで、何かそういう疑いが出てきたのだろう。

となると、またしても白井信吾との関係を思わないわけにいかない。麻薬や拳銃《けんじゆう》の密輸ルートとして、香港や台湾、朝鮮半島などがあるそうだ。欧米や中東あたりの外国人は区別がつくけれど、アジア系の人々の中には、まったく日本人と見分けのつかない顔が珍しくない。密輸のメンバーとして、彼らはうってつけといっていい。

「北海道は、麻薬とか拳銃の密輸事件は少ないのですか？」

浅見はさりげなく訊いてみた。

「とんでもない。少ないどころか、いまやそれが道警の悩みのタネですよ。とくにロシアとの貿易というか、民間の取引が盛んですからね。ちっちゃな漁船みたいな船同士で、簡単に物資のやり取りなんかもしている。上のほうじゃ、水際で食い止めろって言うけど、港の数も多いし、警察や税関では把握しきれませんよ。その気になれば、フリーパスみたいなもんでしょう」

井口は外国人がやるように、両手を広げてみせてから、ふと気がついたように、怪訝《けげん》そうに訊いた。

「浅見さん、何か密輸関係のことで、耳にしたことでもあるのですか？」

「えっ、いえ、べつに何もありません」

浅見は慌てて手を振った。

しかし、北大植物園と〔ひかり公園〕で殺されたのが、いずれも外国人であるとすると、明らかに密輸絡みの事件の疑いが強い。浅見は白井との関わりを連想し、その連想の先で立花穏代の白い貌《かお》を思い浮かべた。

その後も、井口は新たな捜査について、熱っぽく抱負を語った。

井口の所属する捜査二係では、すでに原野の不起訴をもって、道水産部の贈収賄事件捜査からは撤収した恰好《かっこう》になっているのだが、なお継続捜査を行なうよう、上層部に働きかけているのだそうだ。

「だけど、なかなかうまくいきません」

井口は嘆いてもいた。

「もともと警察なんてところは、予算の少ない役所だから、むだな捜査費用は使いたくないんですな。検察がだめだって言ってるものを、警察がいくら追いかけたって、所詮《しょせん》はむだ。したがって警察も手を引くってことです。だから、自分も本来の仕事の片手間みたいにしてやるっきゃないんですよ」

「それじゃ、難しいでしょう」

「まあね……しかし、さっきも言ったけど、連中のやってることは、必ずどこかで繋がっていますからね。尻尾《しっぽ》を摑《つか》めば、いもづる式にネズミどもが現われますよ」

少し虚勢のようにも見えたが、とにかく井口は最後には、胸を張ってそう言った。

井口が引き揚げて、部屋に戻ると、浅見は〔ユリアンヌ〕に電話した。

「ママは外出してるんですけど」

たしか美穂子《みほこ》という名の女性の声だ。時刻はすでに八時を回っている。浅見は胸騒ぎのようなものを感じた。

「どこへ行ったか分かりませんか？」

「ええ、電話でちょっと遅くなるって言ってただけです」

六時前に浅見が自宅に電話したときには、すでに穏代は留守だったのだ。あれからすでに二時間を超える——。

いったん電話を切って、いらいらしながら時間を過ごした。テレビをつけていても、番組の内容が上の空で素通りしていく。まるで恋人の不実を心配する、うぶな若者のようであった。

九時になるのを待って、また浅見は受話器を握った。

「ママはいますか？」

祈るような気持ちで訊いた。

「ええ、ちょっと待ってください」

明るい返事に、浅見はかえって拍子抜けした。

「はい、穏代ですけど」

ふだんと変わりない声であった。

「浅見です」

「ああ……」

穏代の声は、急に遠いひとのような冷たいひびきになった。

「その後、お変わりはありませんか」

わざと手紙の文面のようにおどけて言ってみたが、われながら冴《さ》えないジョークであった。

「ええ、べつに。今夜は来てくださらないんですか？」

陽気を装った、完全な職業的な口調になっていた。（たくましいものだ——）と、浅見はむしろ感心した。

「いや、今夜はやめておきます。とりあえずあなたのご無事を確認しただけで、安心しました。それじゃ」

「あの……」

穏代は追いすがるように何か言いかけて、しかし後につづく言葉を失った。

「ん？　何か？……」

「いいえ、いいんです。今度お会いしたときにでも……いいえ、いいんです」

自分の気持ちを抑えるように、二度、同じ言葉で打ち消して、「おやすみなさい」と言った。

第七章　妻と夫と愛と

1

ポロ・エンタープライズの社員は社長以下たったの四名だが、全員が顔を揃えることはめったにない。

まず社長の越川は不在のことが多い。その理由は、彼がサイドビジネスというか、どっちが本業か分からないといっていいような経営コンサルタントの仕事を持っているためであることを、赤山裕美《あかやまひろみ》は入社三日目になってようやく知った。そっちのほうで稼がないとポロ・エンタープライズの利益だけではやっていけないとか、冗談か本気か分からないことを言っていた。

専務の越川春恵《はるえ》は朝の出勤は早いが、席を温める間もなく、外回りに出かけてしまう。大抵はコンサートやイベントのスポンサー探しである。

裕美にとって唯一の先輩ヒラ社員である小野《おの》知之《ともゆき》は、夜はいくら遅くまででも平気だが、朝はまったく弱いのだそうだ。裕美が入社してからずっと、十時前に出社したためしがなかった。こんなことだから、裕美のような未経験者でも、このオフィスではちゃんと、ものの役に立つわけである。

春恵専務が「ちょっと出てきます」と出掛けていって間もなく、電話が入った。裕美が受話器を取って「はい、ポロ・エンタープライズです」と言うと、抑揚のない、コンピュータで作ったような男の声で「あ、僕、戸田ですけど」と言った。

裕美は「戸田」が誰か知らないが、いまのところ、かかってくる電話の相手の百パーセント近くは未知の人間であるから、慣れている。

「はい、戸田さんですね」

「そうです、戸田亘です。どうも、心配かけましたけど、元気です。ちょっと旅行していたもんで、連絡できませんでした。どうもすみません……」

「あの」と、裕美は慌てて相手の言葉を遮った。

「あの、どういうことでしょうか?」

「すみません、急いでいるもんで、また連絡します。さようなら」

一方的に喋《しゃべ》るだけ喋って、電話を切った。なんだか話し方もそっけないし、相手を間違えたのではないか——と思えるような内容だった。いや、少なくとも裕美のことをほかの人間と勘違いしていることは確かだ。

（何なのよ、これは——）

多少むかつきながら、ぼんやりしていると小野がやって来た。「お早うございます」と挨拶《あいさつ》を交わしたが、裕美の様子がおかしいことに気づいた。

「どうしたんだい、何かあったの？」

「ええ、変な電話があったもんで」

「変なって、誰から？」

「戸田ワタルさんていう人ですけど、分かります？」

「戸田ワタル？　僕は知らないけど、どこの会社の人？」

「それが、訊《き》き返そうとしたら、さっさと電話、切っちゃったんです。なんでも、心配おかけしたけど、元気で、旅行に行っていたとか言ってました」

「ふーん……じゃあ、それ、専務と間違えたんじゃないのかな。きみが入ったこと知らない人だよ。だから女性が出たから専務かと思ったんじゃないの」

「ああ、そうかもしれませんね」

午《ひる》近くなって越川春恵が帰って、裕美の話を聞くと「えっ」と驚いた。

「ほんとに戸田さん？　間違いない？」

「ええ、戸田ワタルさんて名乗りました。間違いありません」

心配かけてすみません。旅行をしていて連絡できなかったのです——という電話の内容を聞くあいだ、春恵は幽霊に出会ったような顔をしていた。

「そうねえ、じゃあ、ほんとうに戸田さんだわねえ」

「専務がご存じの人ですか？」

「え？　ええ、まあ……そうなのか、戸田さん、元気でいたの……だけど、どういうことなのかしら？」

ブッブツと呟《つぶや》くように言って、それから慌てて電話に向かった。手帳を見ながらプッシュボタンを機関銃のように押して、「お泊まりのお客さんで、浅見さんていう方、お願いします」と言っている。

裕美はドキッとした。

（浅見というのは、あの怪しい男じゃないの——）

電話が繋《つな》がると、春恵は「あ、浅見さん」と、喉《のど》に痰《たん》が絡んだような声を出した。

「あのね、さっき戸田さんから電話があったんです。元気だっていう……いいえ、私じゃなく、留守してたもんですから、うちの社員が出たんですけど。ご心配かけてすみませんて……旅行中だったみたいですけど、いったいどういうことなのかしらねえ……え？　いまですか？　ええ、会社ですけど」

言ってから、ふとわれに返ったように二人の社員を振り向いた。浅見に注意されて、会社で話しては具合の悪いことだと気づいたらしい。

「……そうですね、じゃ、また後で」

受話器を置いて、ふーっと息を吐いた。裕美は春恵の視線がこっちを向く前に、デスクの上の書類を片づけるポーズを作った。

「誰なんですか、その戸田さんて」と、小野が訊いた。

「ああ、ちょっとね、以前、東京で面倒見てあげたことのある人、連絡つかなくて困っていたのよ。でも元気でいてよかった」

もうふだんどおりの彼女に戻っている。あれほど動揺していたのに――と、裕美は信じられない気がした。

午の休みに春恵専務があたふたと出ていったのにつづいて、裕美も小野に留守番を頼んで外へ出た。市役所の立花則行《のりゆき》に電話して、怪しい電話があったことと、その後、越川専務が浅見という例の怪しい男に電話で報告していたことを話した。

「もしかすると、専務はいまごろ、あいつと会っているのかもしれない。電話の後、慌てて出ていったから」

「ふーん、ますます怪しいな、あいつ」

則行は浅見という人物に、最初から敵意を抱いているような口ぶりだ。

「おれの姉貴にも接近しているみたいだしさ、何かを企んでいるにちがいない。今夜、ユリアンヌへ行かないか。姉貴に気をつけるように言っておいたほうがいい」

「そうね、そうしよう」

どういうことなのかさっぱり分からないけれど、なんだか、サスペンスドラマに出演するような興奮が襲ってきた。

越川春恵のうろたえたような電話があったとき、浅見は『旅と歴史』に売りつける「裏参道」のルポをワープロに打ち込んでいるところだった。春恵がわれを忘れて、社員のいるところで電話しているらしいことに気づいて、急いで注意したが、あの場所に、立花穏代の弟の恋人だという女性がいたとすると、後に問題が残りそうな予感がした。

詳しいことは〔ターフェル〕で――ということになったが、それにしても、戸田亘の唐突な出現は浅見にとってもショックだった。

（本物かな？――）とまず思った。「失踪《しっそう》」から五十二日目にあたる。消息不明の理由を「旅行」とするには、いささか長すぎる期間だ。

とはいえ、その「戸田」がもし偽者だったとしたら、なぜポロ・エンタープライズや越川夫人のことを知っていて、わざわざ電話などかけてきたのかが分からない。おまけに弁解めいたことを言うからには、それ相応の知識がなければならないはずだ。

それでも浅見は、念のために戸田のアパートの管理人に電話して、戸田が戻っているかどうか訊いてみた。管理人はわざわざ戸田の部屋に確かめに行ってくれたが、戸田は不在だという。

「郵便物がまだそのままになっていますよ」とも言った。だとすると、戸田はいったいどこから電話をかけてきたのだろう？

〔ターフェル〕で越川春恵と落ち合って、浅見はそういったもろもろの疑惑を並べ上げた。それまでは戸田の無事を知ってうきうきしていた春恵は、戸田がいまだに自宅に戻っていないことを知って、たちまち不安そうな顔になった。

「そういえば、戸田さんの電話に出たのは、うちの社に入ったばかりの、ほら、浅見さんも知ってらっしゃる、赤山裕美なんですよ。だけど、戸田さんは私だと思い込んでいたみたい。それって、ちょっと変だわね」

「変ですね」

浅見も頷《うなず》いた。〔ターフェル〕と〔ユリアンヌ〕で会った、あの頭の回転のよさそうな女性の顔が思い浮かぶ。口のきき方だって、越川春恵とはまるで違う。いくら電話でも、それにいくら二カ月近く話していないにしても、電話に出た赤山裕美のことを、越川春恵と勘違いするものだろうか。そのことがまず引っ掛かる。

かりに最初は勘違いがあったとしても、ひと言ふた言応対しているうちに、当然、人違いであることに気がつきそうなものではないか。よしんば勘違いしっぱなしだったとしても、長いこと消息不明でいたことを詫《わ》びるのだから、もう少し丁寧な挨拶や、細かい説明があってしかるべきだ。

「だけど、もし戸田さんじゃなくて、偽者だとすると、どういう目的で電話なんかしてきたのかしら？」

春恵は気味悪そうに言ったが、敵の意図が分からないのは浅見も同じだ。犯罪や不倫の事実を摑《つか》んで、脅しをかけるといった類《たぐ》いの電話ではないのである。

「それに、いろんな事情を知っていることから言っても、偽者ってことは考えられませんよ。やっぱり戸田さんは無事だったのよ」

春恵はどうしても戸田に生きていてもらいたいのだ。

「そうだといいのですが……」

浅見は首をひねった。

「これはちょっと考えすぎかもしれませんが、何者かが、奥さんが戸田さんの行方を捜していることに気づいて、それを牽制《けんせい》したのではないかということです。事情を知っているのは、戸田さんから聞いていたと考えることもできるし、もし戸田さんが無事であるとしても、彼らの監視下で電話をさせているのかもしれません」

「えっ、それはあれですか？　もしかして、誘拐《ゆうかい》されたっていうこと？」

「誘拐か、監禁か……戸田さんが連中の秘密を知りすぎたために、監禁された可能性はあります」

「連中って、その中には白井さんも含まれているわけでしょう？」

「うーん、無関係とは考えにくいですねえ」

「いったいどうしちゃったのかしら、白井さん……そんな悪いことをしている人には思えないのに。だって、もう長いお付き合いなんですよ。ポロ・エンタープライズが札幌で旗揚げするんだって、白井さんのお世話がなければ難しかったかもしれない。面倒見がよくて、誠実な人だと信じていたのに……」

「それはいまでも変わりないんじゃありませんか?」

浅見は慰めるように言った。

「少なくともポロ・エンタープライズや越川さんご夫妻に対しては、いぜんとして面倒見がよく、誠実なお付き合いをしていると思いますが」

「ええ、それはそうだけど……でも、主人を誘惑してるみたいだし、裏でこんな恐ろしいことをしているとしたら、ジキル博士とハイド氏そのものだわ」

「ははは、誘惑だなんて……」

笑ったものの、浅見は越川夫人の「ジキル博士とハイド氏」説は、あながちありえないことではない――と思った。

ハイド氏ほどのことはないにしても、善人の皮をかぶった狡猾《こうかつ》な詐欺師というのも多い世の中だ。ひどい殺人事件の犯人が、じつはすぐお隣りの旦那《だんな》さんだったりすることも珍しくない。「あんなおとなしい、近所付き合いのいいご主人がねえ……」と、隣家の夫人がテレビのインタビューに答えるほど、人は見かけによらないものである。

　忍法には「草」という戦略があるそうだ。つまり、何年も何十年も、あるいは何代も、雑草のようにその土地に住み着いて、ごくふつうの社会生活を送っているように見せかけて、いざ鎌倉のときには忍者としての働きを見せる——というものだ。

　東西冷戦時代に暗躍したスパイの中にも、その「草」に近い存在の人びとがいたと考えられる。浅見のような一般人は、そんなのはスパイ小説の世界のことだと思っているけれど、現在もアメリカのＣＩＡなどは機能しているのだし、日本にだって、似たような組織があっても不思議はない。

　白井信吾が善良な人間のように見えるのは、世を忍ぶ仮の姿であるのかもしれない。兄の情報では、アメリカに留学していたそうだから、その時期に外国の組織と接触があった可能性はある。日本に帰国してからも、外国人タレントを招聘《しょうへい》するビジネスを通じて、外国との往来は頻繁に行なっているだろうし、スパイを働くにはもっとも怪しまれない業種といっていい。

（スパイか——）

　そうであっても不思議はないとはいうものの、本物のスパイだなどと考えるのは、なんだか安手のドラマを自分で演じているみたいで、ばかばかしくなってくる。

「白井さんが裏で悪いことをしていると、まだ決まったわけじゃありませんよ」

笑いの余韻を残して、浅見は言った。

「でも、私たちは当事者ですからね、浅見さんみたいに笑ってはいられませんわ」

「もちろん警戒するのは結構ですが、こんど白井さんに会ったとき、そんな素振りは見せないでくださいよ。せっかく順調にいっている大同プロモーションとポロ・エンタープライズの関係にヒビでも入ったりして、取り返しのつかないことになりかねません」

「ええ、それはそうですけど……」

その点は、むしろ春恵のほうが留意していることであった。

「あの、戸田さんが無事だと分かったのですから、浅見さんはもう、東京へ帰ってしまわれるのかしら？」

春恵は心配そうに訊《き》いた。

「いや、僕はまだしばらく札幌にいますよ。本業の取材のほうが残っていますからね。これからもお役に立つことがあったら、いつでもお申し付けください」

「ほんと？　まあ嬉《うれ》しい。じゃあ、なにかのときには桑園シティホテルに連絡します」

春恵の甲高《かんだか》い声が蘇《よみがえ》って、浅見は周囲のお客の目に首をすくめた。

2

〈ターフェル〉を出たところで春恵と別れ、浅見は近くの公衆電話で立花穏代に電話した。七、八回もベルが鳴って、留守かな——と諦《あきら》めかけたとき、受話器の外れる音がした。

「はい」と、例によって警戒心の張り詰めた、無機質な声である。

「浅見です、昨日はどうも」

「ああ、浅見さん……」

こちらの素性が分かったというのに、昨夜の店の電話に出たときの、職業的な陽気さは影をひそめ、ふたたび疎遠な距離を保つような気配があるのを感じて、浅見は眉《まゆ》をひそめた。

「いかがでした？　その後、白井さんからの連絡はありましたか？」

「ええ、ありました」

「えっ、ありましたか」

これは少し意外だった。

「いつですか？」

「昨日、あれから、浅見さんのお電話があってから、一時間ほどして」

「つまり、午《ひる》少し前というわけですね。それで、例の、午後八時九分のことは言ってみましたか？」

「言いました」

「えっ、それで？」

「言いましたけど、何のことか分からないみたいでした。もしそういうことがあったとしても、偶然の一致だろうって」

「そうですか……」

なかば予想していたとはいえ、浅見は落胆した。白井はガードを固めている——と思った。

「あの、これから出かけるところでしたので、失礼します」

穏代が言うのを、「ちょっと待ってください」と引き止めた。

「白井さんを助けたいということは言わなかったのですか？」

「言いました。そうしたら、白井さんは、不思議なことを言う人だなって……」

「というと、僕のことを話したのですね？」

「えっ、ええ、仕方なく、話しました」

「そうですか……そうすると、越川さんのことも……」

「あの、ごめんなさい、急ぎますので」

うろたえたような電話の切り方だった。

はっきりした返事は聞けなかったが、立花穏代は、浅見が越川春恵の依頼で動いていることを、白井に話したのは間違いなさそうだ。それに、そこまで話したとなると、戸田亘のことも当然、話したと考えていいだろう。戸田が春恵の事務所に電話を入れたのは、その結果だったとすると——。

電話をかけてきた戸田は偽者か、それとも生きてはいても、監禁状態にあるという推測は間違っていないらしい。白井はやはりただ者ではないと考えていい。兄が「へたに首を突っ込むと、生死に関わることになる」と言ったのは、脅しとばかりはいえないかもしれない。


〔ターフェル〕から桑園シティホテルまで歩いて帰った。午前中は穏やかだったのだが、午後になってから急に北西風が強く吹きはじめて、気温もだいぶ下がってきたようだ。雲が厚みを増して、頭の上をかなりの速さで東へ流れていく。いよいよ札幌に冬の訪れの近いことを感じさせた。

ホテルに入る直前、道路脇に停まっている車の窓が開いて、「浅見さん」と呼ばれた。越川伸夫《のぶお》であった。

「ちょっとお話があるのですが、乗ってくれませんか」

表面上は穏やかだが、うむを言わせないような、少し険悪なものを感じさせる口調だった。浅見は瞬間、迷ったが、逆らわずに助手席に乗った。越川はすぐに車を発進させた。どこへ行くあてもないような、トロトロした走り方だった。

「浅見さん、うちの春恵とはどういう関係なんですか？」

思いがけない――ということもないが、意表を衝《つ》く質問だ。「関係」という言葉は不倫のニュアンスが込められているような気がする。こういう邪推に遭遇すると、浅見は他愛なく動揺してしまう。

「どういう関係って、べつに……」

われながら情けない答え方になった。

「そんなことはないでしょう。何かこそこそやっているのは気がついていましたよ。電話で呼び出したり、ホテルでも会っているようではないですか」

「とんでもない……」

浅見は思わず、首をねじ向けて、越川の横顔を見た。

眉が濃く、鼻梁《びりょう》が高く、いくぶん太りぎみだが、中年の充実感が溢《あふ》れた、いい顔をしている。前方を見据えた眸《ひとみ》には意志の強さが感じ取れた。浅見のようなファジーな生き方をしている人間と違って、日ごろはおとなしいが、ひとたび思い込んだら、剛直にその道を貫く、信念の人かもしれない。

「それは誤解ですよ」

「しかし、付き合っていることは事実でしょう」

「それは事実です」

「だのに、ユリアンヌで会ったときなど、ぜんぜん知らない者同士のような顔をして私を騙《だま》していた。ひとを間抜けな寝取られ男にするつもりですか」

「困ったなあ、それは逆なんですが」

「逆？」

「ええ、奥さんはあなたのことを心配して、僕に調査を頼んだのですよ」

「私を？……つまり、私立探偵ってやつか。ばかばかしい、私なんかを調べてどうしようっていうんですか」

「あなたと白井さんの関係を心配されたのですね。越川さんが白井さんにあまりにも深く傾倒されているので、不安になられたのじゃないでしょうか」

「ばかな……私が白井さんを尊敬して、何が問題なんです？」

「それは男の論理というものでしょう。僕ごときが言うのはおこがましいですが、女性の心理は複雑でデリケートで、自分の空想世界をどんどん広げてしまいますからね。たとえ相手が男性であっても、ご主人が自分の手の届かない世界へ羽ばたいていくのが、寂しいし、不安なのだと思います」

「ふーん……それにしたって、いったい私の何を調べたというんです？　私のことなど、調べようにも、何もないでしょう」

「ええ、僕は越川さんのことはまったく調べたりしていませんよ」

「えっ？　調べてないって、あんた、調査を依頼されて何も調べないんじゃ、まるっきり詐欺じゃないですか」

「僕が調べたのは白井さんのことです」

「白井さんを？……」

越川は驚いて、チラッと浅見を見た。

「ええ、奥さんには白井さんという人物がよく分からなかったのでしょうね。ひじょうに頼りになる人であることは確かだけれど、どことなく得体の知れないところがある——それが不安の原因なのです。そのことは越川さんも分かっておられるのでしょう？」

「………」

越川はぐっと詰まった。

「以前、白井さんのことでご夫妻のあいだで揉《も》めたことがあると伺いました。それ以来、越川さんは白井さんのことを奥さんに話さなくなったそうですね。しかもご主人と白井さんとの関係は以前にも増して緊密になるし、東京出張も増えた。そういうことを悪いほうへ悪いほうへ解釈して、ますます不安がつのったのです」

「それで……」

越川は気掛かりそうに言った。

「白井さんを調べて、どうなったんです？　何か収穫でもあったのですか？」

「それは言うわけにはいきません。あくまでも依頼人は奥さんですからね」

「だったら、私が金を出そう。新しい依頼人は私だということならどうです」

「ははは、買収ですか。それはだめです。それから、ひとつお断わりしておきますが、僕は職業として探偵をしているわけではありません。このあいだ自己紹介したように、僕の本業はルポライターです。奥さんからは札幌への旅費だけはいただきましたが、調査費などはいっさいいただいていませんし、これからもいただくつもりはありません。もちろんご主人からもです」

「だったらあんた、面白半分に他人のプライバシーを覗《のぞ》こうというのかね。それを週刊誌か何かに売り込むつもりなのか」

「いいえ、そんなつもりは毛頭ありません。いずれは分かることですが、奥さんが調査を依頼されたのには、もっと重大な意味があったのです。それはたぶん、あなたが知っていて奥さんには話していない、白井さんのある一面——裏の姿といってもいいかもしれませんが、それと関係していると思います。それから、何よりも先に言っておかなければならないのは、奥さんはあなたを愛しているし、この上なく大切に思っておられるということです」

越川は黙って、ゆっくりと車を走らせた。どこを走っているのか、浅見には分からないが、札幌の中心を外れた街の裏通りであることは確かだ。路地ではないちゃんとした舗装道路だが、行き交う車は少ないし、人影もまばらである。東京と違って、札幌ではこうしてのんびり走れる道路がどこにでもあるらしい。

「浅見さん、これはお願いであって、強制できるものではないのだが」

越川は憂鬱《ゆううつ》そうな声で言った。

「調査を中断して、東京へ帰ってくれませんかねえ。白井さんの何を調べたのか知らないが、ここで起こっていることは、あなたには関係のないことです」

「つまり、余所者《よそもの》は去れ——ですか」

「端的にいえばそういうことになるかもしれませんね。札幌の——北海道の問題は、所詮《しょせん》は余所の人間には理解できないでしょう」

「しかし、白井さんも余所者だと思いますが、白井さんの場合はどうなるのですか?」

「白井さんにはそれなりの理由というか、必然性があるのです」

「ほう、それはどういう?……」

「白井さんの奥さんは札幌の人でした」

「ああ、たしか内縁の奥さん、でしたね」

「なるほど、ちゃんと調べ済みですか」

「ええ、十二年前に事故で亡くなられたということも」

「ふーん……」

越川は驚いて浅見の顔を見た。

「どうして?……そんなことが分かるんです?　おかしいな、戸籍にも入っていない人のことを……」

越川は不審そうな目を、かなり長いこと浅見に向けて、事故でも起こさないか——と浅見を不安にさせた。

「ただし、その事故がどういうものだったのかは知りません」

浅見はあまり意味のない言い訳のようなことを言った。越川に言われた「戸籍にも入っていない人のことを」という言葉に、ちょっとしたショックを受けた。

兄の口からそのことを聞いたときは、それほど意外とも思わなかった。兄の——つまり警察庁刑事局長という立場と警察の組織を駆使すれば、市民の個人情報のかなりの部分は把握できるものと、頭から信じている。

しかし、考えてみると、白井の経験をどのように遡《さかのぼ》れば、戸籍上の妻でもない女性の、それも十二年前の事故死を突き止めることができるものなのか、不思議に思えた。もっとも、考えようによっては、その一事をもってしても、白井がふつうの市民とは別の種類の人間であることを物語るともいえる。入籍もしていない女性のことが、警察庁の記録に残っているとしたら、その理由はそれほど多くはないはずだ。

「白井さんの奥さん——と、その女性のことをそう呼んでもいいのでしょうね。たとえ入籍していなくても」

「ああ、もちろんです。籍が入っているからといって、いい夫婦であるという保証はありませんよ」

越川は大きく頷《うなず》いて言った。

「むしろ、殺したいほど憎み合っていながら、別れもせずにいる夫婦のほうが、よほど、不純ですよ。白井さんは本当に奥さんを愛しておられたのです」

「というと、越川さんは白井さんの奥さんをご存じなんですか？」

「いや、お会いしたことはない。私が東京を離れて札幌に引き揚げてきたのは十一年前ですからね。白井さんの奥さんが亡くなられたのはその一年前です」

「それじゃ、白井さんが本当に奥さんを愛していたかどうか、分からないのじゃありませんか？」

「そんなことはない。白井さんから奥さんの話を聞いてますからね」

「念のために訊《き》きますが、越川さんは、白井さんの最初の奥さんも、やはり事故で亡くなっていることをご存じですか？」

「もちろん知っていますよ。白井さんが話してくれましたからね。それにこだわって、白井さんは再婚に踏み切れないでいたのだそうです。しかし、そのことを悔いていました。あんなことになるのなら、待たせるのではなかった――と言ってね」

「なるほど……」

話の筋は通っている――と浅見は思った。それがかえって気に入らないともいえた。

「いかん、少し喋《しゃべ》りすぎました」

越川は愕然《がくぜん》として言った。たしかに、話の成り行きとはいえ、饒舌《じょうぜつ》に白井について語りすぎたうらみはあるかもしれない。

「ともかく、白井さんにつきまとったり、何かを探り出そうとしたりするのはやめてくれませんか。これはお願いであるとともに、警告でもある。はっきりいって、これ以上の手出しは危険ですよ」

兄の陽一郎と同じような科白《せりふ》だ。

「警告に従わないと、どういうことになるのでしょうか？」

「それは……私にはなんとも言えないが、生命の危険まであると考えていいのじゃないですかね」

脅すような口調ではないが、それだけにむしろ、言っていることが単なる脅しではないことを思わせる。

「分かりました。ご忠告、ありがとうございます」

「じゃあ、このまま引き揚げてくれるのですね?」

「いえ、それはできません」

浅見はきっぱりと拒絶した。

「警告でも脅しでも、僕は僕自身の意志にそぐわない指図には、断固として従わない主義ですから」

「強情な人だな。危険を冒してまで……それで何の得があるというのです?」

「人は欲得ずくだけで行動するものではないでしょう。早い話、越川さん、あなただって同じ危険を冒しているような気がしますが、それはどうなのですか?」

「私が?　ははは、私には信念がある」

「だったら、僕にも信念があります」

越川はゆっくりブレーキを踏んだ。車が停まりきると、浅見を見返って、「やむをえませんね」と言った。

「これ以上言ってもむだなようだ。これから先、何が起きても知りませんよ。あなたがいるのは東京ではなく札幌だということを、くれぐれも忘れないでいただきたい――と、最後にそれだけ言っておきましょう」

指先をドアのほうに向けた。(やれやれ、こんなところで降ろされるのか――)と思いながら、浅見はドアを開けた。

「いろいろ貴重なお話をありがとうございました」

礼を言ってドアを閉めると、越川は軽く会釈して、スッと走り去った。

3

ここはどこなのだろう?――と周囲を見回すと、二ブロック先に桑園シティホテルのマークが見えた。

何のことはない、気づかないうちにすぐ近くまで送ってくれていたのだ。ホテルの前に横付けしなかったのは、そこまでサービスする気になれないということなのか、それともまだ妙な勘繰りをして、ホテルの前で夫人と鉢合わせでもしたら困るとでも思っているのか――いろいろ悩んでしまう。

ホテルに戻ると、浅見は井口に電話した。あまり事件に恵まれて(?)いないのか、それともデスクワークが多いのか、井口は席にいて、「おーい」と眠そうに応じた。

そのくせ、相手が浅見だと分かると「やあ、浅見さん」と、がぜん元気な声を発した。

「お忙しいところ申し訳ないのですが」

「えっ、忙しいって、自分が？　ははは、ひまひま、大丈夫ですよ。で、何か？」

「じつは、十二年前の事故のことを調べていただきたいのです」

「十二年前？……というと、自分が釧路《くしろ》にいたころですかな。どういった事故です？」

「札幌であった死亡事故です。被害者はたぶん、二十代か三十代前半の女性……」

「なるほど、名前は？」

「分かりません」

「は？」

「氏名も住所も分かりません。分かっているのは、ただ、白井という人の内縁の妻であったということだけです」

「ははは……」

電話の向こうで、井口部長刑事は笑いだした。

「浅見さん、それ、マジですか？」

「ええ、真面目な話です」

「ふーん……しかし、女性の死亡事故なんかは、珍しいもんじゃないですからなあ」

「二十代から三十代前半の内縁の妻——という条件に絞っても、ですか」

「内縁の妻といったって、夫のほうの名前が記録に残っているかどうか……そうそう、それと、事故は交通事故ですか？」

「ああ、そうですね、交通事故のことばかり考えていましたが、そうとはかぎりませんね。いや、違うかもしれません」

「おやおや、そいつはまた厄介だ。しかしやってみますよ。案ずるより産むが易しということもありますからな。すぐに取り掛かってみます」

井口は請け合って、電話を切った。井口が言ったとおり、その作業は存外、簡単だったらしい。夕方五時過ぎに、部屋でずっとワープロを叩《たた》いていた浅見の脇の電話が鳴った。

「いやあ、わが北海道警察も近代化したもんですなあ。一九八〇年代からコンピュータの導入が進んで、事件、事故のデータはすべてボタンひとつで取り出せるのだそうですよ。ただし、係のやつが何に使うんだってうるさくて困りましたがね。車両《しゃりょう》の増加と事故との関係を調べたいとか言って騙《だま》しましたが」

井口は得意げに前置きして、

「しかし浅見さん、該当するような事故はありませんでしたなあ」

「えっ、ない、ですか？」

浅見は絶句した。そんなはずは――と文句を言いそうになって、思い止《とど》まった。

「ああ、ありませんでした。女性の死亡事故はいくらでもあるが、その年代の、それも内縁の妻――という限定した条件に見合う被害者はおりません。それ、間違いなく事故なのでしょうな？」

「ええ、死亡事故であることは間違いないはずですが……」

浅見の自信も揺らいだ。浅見の知識は兄と越川からの伝聞であって、自分の目で実際に確かめたわけではないのだ。

「うーん、そうですか……死亡事故は交通事故から転落事故、溺死《できし》にいたるまで、すべて洗い出してみたのですがねぇ」

井口は言って、「事故でなく事件、ということはないでしょうね？」と訊いた。

「ええ……え？　事件だと何か、該当するものがあるのですか？」

「そう、事件だと、それらしい該当者はいるんですけどね。年齢が当時三十三歳で、独り暮らしの女性です」

三十三歳は自分と同じ年齢であることに気づいて、浅見はなんだか他人事《ひとごと》と思えなくなってきた。

「それは殺人事件ですか？」

「そうです。もっとも、殺しといっても、とばっちりみたいなもんです。流れ弾に当たって死亡したんだから」

「流れ弾……というと、狩猟の誤射か何かですか？」

「いや、それなら事故ですがね。こっちのほうは拳銃《けんじゅう》で射殺されたのだから、分類としては事件になる。えーと、札幌市白石区の伊藤直子という女性が、自宅付近で、暴力団の抗争によるものと思われる銃弾を腹部に受けて、病院に運ばれたが、十日後に死亡したというものです」

「犯人は挙がったのですか？」

「いや、未解決ですな。この手の事件はなかなか難しくてねえ。つまり、怨恨《えんこん》だとかいう、被害者と加害者の繋《つな》がりがないもんで」

「その女性には内縁の夫のような者はいなかったのでしょうか？」

「そこまではちょっと。内縁だとか恋人だとかいうのは、事件に直接の関係がないかぎり、コンピュータには入っていないんで、調べてみないと分かりませんがね。ただ、殺人事件ですからね、十二年前の記録もちゃんと残っているはずです。もしなんなら、一応、調べてみますか」

「ええ、ぜひお願いします」

明日までにはなんとかなるでしょう――と井口は電話を切ったが、それからものの十分も経たないうちに電話してきた。

「これからそっちへ行きますから、待っていてください」

浅見に何も言う間を与えずに、一方的にそれだけ言って電話を切った。よほど電話では具合の悪いことなのだろう。

十分足らずでドアチャイムが鳴って、マジックアイで覗《のぞ》くと、井口の少し興奮したような顔がこっちを向いていた。

「原野が消えたのです」

井口は部屋に入りながら、表情を強張《こわば》らせて言った。狭い部屋で、肩幅のいかつい井口と向かい合うと息が詰まりそうだ。この部屋には窓際にある小さなデスクと、安っぽい椅子が一つしかない。椅子を井口に提供して、浅見はベッドに腰を下ろした。

函館土木現業所技術部長の原野洋二が失踪《しっそう》したのは、一昨日《おととい》のことらしい。

「それを今ごろになって知らせてきやがるんだから、何をやってるんだか」

腹立たしげに煙草をくわえ、ライターで火をつけた。

汚職事件が明るみに出て、自宅に警察や報道関係者が押しかけるようになった時点で、原野の妻子は妻の実家に避難した。それ以来、釈放後も、原野は家族と別居状態で函館に一人で住んでいる。

一昨日の朝、家族が電話したときには自宅にいたそうだ。それが昨日の朝、函館署の刑事が訪ねていったときはすでに留守で、それ以降、姿を見ていない。

「一応、釈放してからずっと、函館署のほうで身辺を張っていたんですがね、ちょっと気を抜いて、警戒を解いたとたんにやられた。だから、あんなやつは起訴して、ぶち込んじまえばよかったんだ」

井口は悔しそうに唇をねじ曲げた。

原野を逮捕まで追い詰めたのは、井口たち札幌中央署捜査二係の連中の、地道な捜査の結果だったのだろう。事件が発覚したのは札幌だったが、警察が動きだして間もなく、事件の主役である大山、原野の二人は、あいついで逃げるように函館へ転勤した。それを追い掛け、追い詰め、ガードの固い役所を相手に、自供もウラも取り、せっかく検察に送ったのに、不起訴になったのでは、何のための苦労かと言いたくなる気持ちも理解できる。

「消えたというより、消される危険性があるのじゃありませんか？」

浅見は訊《き》いた。

「ああ、危ないですな。ただ、原野自身、その点は用心しているでしょうからね、何か手を打ってあるとは思うのですが」

「手を打ってあるというと、安全保障のようなものですか」

「たぶん、ですな。原野という男はしたたかなやつでしてね、かなりきつい取調べにも平然として口を割らない。そこへいくと、土現の大山所長はだらしがなかったですな。地検に呼ぶ前の段階で、われわれが任意で調べに行ったとたん、震え上がりやがった。これは危ないなと予感したのですが、案の定、地検に一度呼ばれただけで、あっさり自殺しちまった。いや、もちろん自殺かどうか、分かったもんじゃないですがね」

実際は、大山が地検の取調べに口を割りそうであることを予知した何者かが、口封じのために消した——と、井口も浅見も信じている。

「原野の安全保障というのは、背後の大物か組織の犯罪を立証する資料を、どこかに隠匿している——と考えていいですか」

「だと思いますよ。どこかの誰かに委託してあって、自分が消されたら、すぐにその資料が検察かどこかへ送られる仕組みになっているのでしょうな。ワルどもは、大山所長が死んでくれて、とりあえず危機が去ったもんだから、ゴーサインを出したのだが、原野が泳がされているあいだは不安でしようがない。逆に原野側からいえば、いつ消されるかビクビクものでしょうがね」

大山所長の前例があるだけに、原野の危惧《きぐ》は単なる杞憂《きゆう》に終わらない可能性がある。

「その隠匿場所がどこなのか、心当たりはないのですか？」

「現在までのところ、まったく把握しておりません。それに、一ヵ所であるとはかぎりませんしね」

「僕は詳しいことは知りませんが、原野のような人物が、いのちから二番目ぐらいに大切なブツを託せるほど、信頼できるような人間がそんなに多いとは思えませんが」

「まさに浅見さんの言うとおりなんですよ。だから、ちょっとしたヒントでその場所が突き止められそうな気がするのだが……何かいい知恵はありませんかね？」

「ははは、僕なんかに知恵が浮かぶはずはないでしょう。たったいま、そういう話を聞いたばかりなんですから」

「いやいや、それはどうですかなあ。どうも浅見さん、自分の睨《にら》んだところ、あんたはただ者とは思えませんからねえ。警察が一ヵ月かかって調べたことを、一日でやっちまいそうだ」

「そんな……」

浅見は苦笑しながら、ふと思いついたように言った。

「原野が機密資料を委託した相手が僕——つまり、浅見という人間だったというのはどうでしょうか？」

「は？　どういう意味です？」

「僕が資料の一部——もちろん贋物《にせもの》ですが、そいつを連中のところに送ってやるのです。つまり、売り込みですね。原野を裏切って、預かり物を換金したいと言えば、連中は乗ってくるんじゃありませんか」

「オトリ捜査ですか」

井口は鼻の頭に皺《しわ》を寄せた。

「そいつはヤバいなあ。それに、日本の警察はオトリ捜査は禁じていますよ。しかも浅見さんのような民間人にそんなことをさせたとなったら、えらいことだ」

「べつに警察がやるのでなく、僕が自分の趣味で勝手にやるのなら、いっこうにかまわないじゃないですか」

「趣味って、あんた……」

「いや、それは言葉のアヤです。本心は真面目ですよ」

「しかし、警察の手を借りなくては無理でしょう。だいいち、送りつける機密資料ひとつにしたって、いったい何を送るつもりです？　いくら贋物でも、よほど信憑《しんぴょう》性の高いブツでなければ、相手は乗ってきませんよ。そんなのは警察でも手に入らないのだからねえ。いや、たとえあったとしても、出すわけにいかないが」

「それは僕に任せておいてください」

浅見は胸を張った。

「任せるったって……まさか、いいかげんなものをでっち上げて送るっていうんじゃないでしょうな。そんなのはすぐに見破られちまいますよ」

「大丈夫、僕は詐欺の達人ですからね。それより、どこへ送るかが問題です。それは井口さんに教えてもらうしかない。背後組織のどこへ送れば効果的なのですか？」

「だめだめ、だめですよ。そんなことを教えたりしたら、恐喝の教唆罪《きようさ》でパクられちゃうじゃないですか」

「恐喝なんかしませんよ。敵がどう出るかを探るのが目的で、差し当たりはただ資料を送りつけるだけです」

「うーん、それもねえ、どうも弱ったな」

井口は頭を抱えた。

「井口さんが言いにくいのなら、僕の判断で送りますよ。経和重工の松枝《まつえだ》社長宛か、いっそ、江場北海道開発庁長官のところに親展で送りつけましょうか」

「えっ、えっ？……あんた、どうして……驚いたなあ。いや、自分はそんなことは一度も口にしたことはありませんからね。知りませんよ、自分は」

井口は額に汗を浮かべて驚いた。知りませんと言いながら、暗に、そのどこへ送っても効果があることを肯定している。

4

ホテルを出たときには、曇り空のせいか、星ひとつなく、街には冷たい西風が強く吹いていた。ブルゾンの襟を立てても、首筋がゾクッとする。

「このぶんだと雨か、ひょっとすると雪になるかな」

井口は東京人を脅すようなことを言って、真っ暗な空を見上げた。

浅見は井口の車で宮《みや》の森《もり》の近くまで送ってもらった。そこから先は歩いて徳永老人の家を訪ねるつもりだ。

「どこへ行くのか知りませんが、そこまで送りますよ」

井口は心配そうに言ってくれたが、浅見は冗談めかして「秘密の場所ですから」と、手を振って別れた。少し水臭いようだが、たとえ井口といえども、徳永家のことは伏せておかなければならない。


徳永は上機嫌で客を迎えたが、浅見の話を聞いているうちに、だんだん深刻そうな顔つきになっていった。とくに、原野の突然の失踪《しっそう》は、何でも知っているはずの徳永にとっても、由々しき変事に思えたようだ。また、浅見の「捜査」のスピードには感嘆すると同時に、むしろ懸念を抱いたような気配も感じさせた。

「何か彼らの度胆《どぎも》を抜くような、たとえば機密に関するような資料は、徳永さんはお持ちではありませんか?」

浅見が結論を持ち出すと、老人は眉根《まゆね》に深い皺を刻んで、しばらく考え込んでから、嗄《しわが》れた声で言った。

「そうかね、もうそこまでいきましたか。わしが見込んだとおりではあるが……しかし、それは相当に危険な賭《か》けですぞ」

「ええ、それは承知の上です」

「いや、あんたはそう簡単に言うが、土現の大山所長が死んだことでも分かるように、相手を甘く見てはならない」

　ほとんど傍若無人といっていいほど、怖いもの知らずに思えた老人が、やけに慎重な姿勢を見せる。それだけ「相手」を知り尽くしているということなのだろうけれど、浅見には少し物足りなかった。「もはや、論評の段階ではない」と言い放った、あの迫力はどこへ行ってしまったのだろう。

「多少のリスクは覚悟の上で賭けに出なければ、チャンスはないと思いますが。それに、このまま放っておくと、原野氏まで消されかねません」

　浅見はむしろ、老人を励ますように、語気を強めて言った。

「うーん……それはまあ、そうだが……」

　徳永は目を瞑《と》じ、腕組みをして考え込んだ。大きな肘《ひじ》掛け椅子の中に沈み込んでしまいそうに、小さく丸くなって、思案に耽《ふけ》った。眠ってしまったのではないか——と心配になるほど、長い時間が流れた。

やがて、目を開けると、「わしも老《お》い耄《ぼ》れたもんですな」と自嘲《じちよう》して、歪《ゆが》めた笑い顔をこっちに向けた。

「考えたり言ったりすることは、無責任に威勢がいいが、いざ実行する段になると、臆病《おくびよう》になる。いや、わたしのいのちなど惜しくもないが、あんたのようなお若い人が、危険に晒《さら》されるのがな……」

「僕のことは心配しないでください」

「ん？　ああ、分かる分かる、分かります。浅見さんはたぶん大丈夫じゃろう。わしがあんたを見込んだ理由もそこにあるのですからな。だが、それでも用心に越したことはありませんぞ。しかし、あんたの言うとおり、チャンスを逸してはなるまい」

徳永は「よっこらしょ」と椅子から立ち上がった。それから、奥へつづくドアの向こうへ引っ込んで、かなり長いこと現われない。資料を探しに行ったのだとは思うのだが、徳永の老齢を思うと、客のいることを忘れてしまったのではないか――と不安にもなる。

浅見は徳永が言った「あんたを見込んだ理由」という言葉に引っ掛かるものを感じていた。その理由があるから、徳永は「浅見さんは大丈夫」と思っているらしい。

（いったい、この僕のどこを見込んだというのだろう？――）

どう贔屓目《ひいきめ》に見たって、腕力がありそうには見えない都会人特有の体型である。勘のよさや、頭が妙な方向に回転するのには多少の自信があるけれど、初対面でたいして言葉も交わさないうちに見込まれたとなると、かえって気持ちが悪い。

文字どおり、痺《しび》れが切れるころになって、徳永は現われた。

「これがいいでしょう」

手にした一枚の紙片を浅見に手渡した。コピーしたばかりらしく、紙にまだ温《ぬく》もりが残っている。

Ａ４判の紙の中央に手形用紙がコピーされている。手形は〔ヨロイ建設株式会社〕振出しのもので、額面はなんと三十億円。

「これはどういう性格のものですか？」

経済の仕組みに疎い浅見は、コピーを手にしたものの、正直なところいささか持て余しぎみに訊《き》いた。

「カラ手形」

徳永はこともなげに言った。

「こういう化け物みたいなものが飛び回っておる。それをあんたが摑《つか》んでいると知ったなら、連中は放ってはおけんだろう」

「これにどういう意味があるのですか？」

「まあいいからいいから。とにかくそいつを北発《ほくはつ》銀行の有賀《ありが》という副頭取宛に送ってやりなさい。ただし差出人の名前は書かないことですな。そうして相手がどう動くか、しばらく見守るがいい。よろしいな、あんたの素性を知られてはなりませんぞ」

最後は優しい口調になり、有賀博昭《ひろあき》の名前と住所を書いた紙を浅見に手渡した。

「一つだけ質問させてください」

浅見は居住まいを正して、真っ直ぐに老人の目を見て、言った。

「徳永さんはこういう資料をどこから入手されたのか、そして、なぜこれだけの物証がありながら、黙って手許《てもと》に置いたまま、告発もしないでいるのか、それが不思議でならないのです」

「ふん、一つと言いながら、二つの質問をしておる」

老人はつまらなそうな顔になったが、怒りもしないで、ぽつりと答えた。

「後のほうの答えは、人間不信だよ。社会不信といってもいいかな。かりにこれを地検に送ったとしても、それでどうなるという保証は何もない。これまで幾多の疑獄事件が、検察の総力を挙げた——と称する大騒ぎの末、大山鳴動して鼠一匹も出ずに終わった。こんなものを送ってみても、たぶん、そこまでもいかず、握りつぶされるのがオチだろうな。それから、前のほうの答えは……いや、これはやめておこう。話せば老人の愚痴になりそうだ」

徳永は背を向けて、「さあ、行きなさい」と、ヨタヨタした足取りで歩きだした。

資料の入手経路を問いただしたかったし、徳永が「話せば老人の愚痴になる」と言った意味を聞きたかったが、浅見は諦《あきら》めて徳永家を辞した。タクシーの拾える通りまで歩きながら、いつまでも老人の言葉が気になってならなかった。入手経路を話すことがなぜ愚痴になるのだろう？——と、繰り返し繰り返し考え、結局答えが出ないままになった。

通りに出ると、さっき降りた同じ場所で、井口の車が待っていた。

「あんたをほっぽっては行けませんよ」

憤ったように言って、助手席のドアを内から開けてくれた。仕事一途で、がさつなだけのような部長刑事に、浅見ははじめて友情を感じた。

「収穫はこれです」

浅見は思いきって、ポケットから手形のコピーを取り出して、井口に見せた。

「三十億……」

井口は驚いた。

「カラ手形——だそうです」

「えっ、カラ手形ですか？……」

あらためて、しげしげとコピーを見た。

「ヨロイ建設か、なるほどねえ……」

「このヨロイ建設というのは、何なのですか？」

「なんだ、浅見さんはそれも知らずにこんな物を持ち歩いているのですか。ヨロイはあんた、道内きっての急成長をもてはやされているディベロッパーですよ。もっとも、いまはだいぶ雲行きが怪しくなりましたがね」

本物のほうの雲行きもいよいよ怪しく、空からは大粒の雨が横なぐりに飛んできて、フロントガラスを曇らせた。

「こんな物をいったいどこでどうやって仕入れてきたんです？」

井口は刑事の目になって、詰問するように言ったが、浅見は無視して、逆に訊いた。

「これがカラ手形だとして、僕はカラ手形が何なのかも知りませんが、いったいこれにどういう意味があるのですか？」

「まあ、いちがいには言えませんがね、ふつうは三十億円の手形といえば、いずれ支払い期日が来れば本物の金三十億円と同等の価値を生じるわけですよ。ただし、これには支払い期日が書き込まれていない。いつでも書けるが、ひょっとすると書かない可能性もあるといった、何かの約束事が交わされているのではないですかね。浅見さんがどこから仕入れてきたのか知りませんが、そのひとが『カラ手形』と呼んだのは、そういう理由と考えられますな」

「約束手形で、支払い期日を特定しないなんてことが、ありうるのですか？」

「いや、常識ではありえませんよ。しかし、たとえば成功報酬的な約束の意味を込めたものだとすると、あるいは……ですな」

「つまり、ヨロイ建設が工事を受注したあかつきには——といったことですか？」

「そう、この手形は振出人はヨロイ建設になっているが、受取人のところはマジックか何かで塗りつぶしてある。ここに書かれてある相手先が問題ですな」

「受取人が誰か、想像がつきませんか」

「まあ、だいたい分かりますよ」

「誰ですか？」

「え？　いや、それは言えないが、しかし、とにかくこんな物があれば、地検も動くんじゃないですかね」

「だめですよ」

井口が食指を伸ばしそうなので、浅見は急いでコピーを畳み、ポケットに戻した。

「それに、これは僕の獲物ですからね、譲るわけにいきません」

「まあ、それはたしかに浅見さんのブツだから、自分には、手出しも口出しもできませんがね。しかし、そいつを突きつけられたら、敵はかなりビビるでしょうなあ。反撃してくるかもしれない。いや、必ず来ますね。くれぐれも独走だけはしないで、結果は必ず自分に報告してくださいよ」

井口がホテルまで送ると言うのを、浅見は、「せっかくですから、ススキノへ連れていってくれませんか」と頼んだ。

「札幌に来て、のんびりプライベートな時間を楽しむひまもありませんでしたからね。少しは羽を伸ばさないと」

つい言い訳がましい口ぶりになったのか、井口は疑わしそうな目を浅見に向けた。

「ま、浅見さんも若いんだから、野暮なことは言わないけど、あまり妙な遊びはしないほうがいいですぞ」

「妙な遊びなんかしませんよ。せいぜいラーメン屋のはしご程度です」

浅見は笑いながら言った。

「どうですかなあ……とにかく、危ないことはしないように。暗い夜道は一人で歩かないようにしてくださいよ」

井口はまるで女子高生にでも言うような科白《せりふ》と一緒に、浅見をススキノの街に置いて帰っていった。冗談ぽく言ってはいるが、浅見が軽率な行動を起こしはしまいかと、本心から気遣っている。

浅見は井口の車が大通《おおどおり》の交差点を渡ってしまうまで見送って、「ユリアンヌ」のある雑居ビルに入った。

〔ユリアンヌ〕は店の奥半分ほどを占領する形で、サラリーマンらしいグループがカラオケで盛り上がっていた。その手前のテーブルには二人の客を相手に、美穂子が何がおかしいのか、身をよじって笑っている。入口に近いカウンターの前には、いちばん若い加奈子がいて、「いらっしゃい」と迎えてくれた。

カラオケグループの中から穏代が抜けてきた。

「カウンターでおよろしいかしら」

暗にカウンターに坐《すわ》ってもらいたいと、強制するような言い方をした。

「加奈ちゃん、あちら、よろしくね」

浅見がおしぼりを使うあいだに、加奈子をカラオケの仲間に追いやっておいて、浅見と自分のために水割りをつくり、ごくさりげない様子で、隣りの椅子に腰かけた。

「あの、お店ではもう、あの話、なさらないでくださいね」

遠目だとまるでお世辞でも言うように見える笑顔で、穏代は釘《くぎ》を刺した。

「そうはいきませんよ」

浅見も笑顔で応じた。

「あなたの身が心配でならないのですから」

「そういうのを、有難迷惑っていいうんじゃないかしら」

笑いながら、目は射るように浅見を睨《にら》んでいる。

「あなたは、白井さんの過去について何も知らないから、そんなふうに……」

「知ってます」

「知っている？……ほんとかなあ。それじゃ訊《き》きますが、白井さんのいったい何を知っているというのですか？」

「それは……言えませんわ」

「ほら、知らないのでしょう」

「知ってますって。知ってるけど、あなたに話すわけにはいかないわ」

「なるほど……僕がカマをかけて、あなたの口から何かを聞き出そうとしているとか、そういうことを疑っているんですね」

「さあ、どうかしら」

二人とも、ずっと笑顔で、ごくふつうの会話を交わしているように振る舞っているけれど、浅見はともかく、穏代のほうは唇の端が細かく震えるほど、二人のあいだの小さな空間には、緊迫した空気が漂っている。

「じゃあ、僕のほうから言いますが」

浅見は思いきってぶつけた。

「白井さんの過去には、奥さんの不審な事故死があるのですよ」

驚いたことに、穏代の表情にはまったく変化が現われなかった。むしろ、目の中の光が少し和らいだように見えた。

「僕が出鱈目《でたらめ》を言っていると思っているのですか？」

「いいえ」

「ほう……じゃあ、あなたはそのことを知っていて、その上で白井さんを……」

「私がどうしようと、あなたには関係のないことです」

浅見は確信犯に対するような、やりきれない怒りを覚えて、「しかし」と、思わず真顔になった。

そのとき、ドアのほうに足音がして、振り向くと、立花則行と赤山裕美が入ってきた。則行は浅見と視線が合うと、敵意剝《む》き出しの顔になったが、穏代のほうは弟を迎えて、肩からスーッと力が抜けるのが分かった。

「いらっしゃい。カウンターでいい？」

「ああ」

則行は穏代が立ち上がり、カウンターの中に入るのと入れ替わって、浅見の隣りの席に坐り、その向こうに裕美も腰を下ろした。

「一昨日《おととい》はどうも」と浅見が挨拶《あいさつ》すると、則行も仕方なさそうに「あ、どうも」とだけ答えた。裕美のほうはなるべく視線を合わせないようにしている。

「姉さん、その後、どうなった？」

則行は訊いた。

「どうって、べつに」

「じゃあ、あれから来てないの？」

主語を省いているが、刑事の話に決まっている。あの場に則行はいなかったが、穏代から当夜のことは聞いているのだろう。その中で自分のことが、姉から弟にどの程度話されたのか、浅見は気になった。

「うん、昨夜《ゆうべ》はね。初めてのお客さんが見えたけど、違うみたい。だけど、また来るかもしれないわよ。あんたたちも、こんなところにいないほうがいいかもね」

「どうしてさ。おれたちは関係ないじゃないか。それより、おたく……」

則行は浅見のほうに顔をねじ向けて、皮肉っぽく言った。

「刑事が来るとヤバいんじゃないすか？」

「則ちゃん、失礼よ！」

浅見が反応するより早く、穏代が抑えた声で叱った。

「ははは、いいんですよ」

浅見は苦笑した。

「そうだよ、おれは親切で言ってるんだからさ。姉さんは知らないかもしれないけど、この人、怪しいんだ。ポロの奥さんとコソコソやってるし、今日だって、戸田とかいう何だか得体の知れないようなやつから専務のところに電話があって……」

「則行、やめなさい！」

　穏代は辛うじて笑顔を保ちながら、右手の指の先で、則行の前のカウンターをトンと音が出るほど強く叩《たた》いた。

「ここは私のお店よ。私の言うことを聞けないのなら、出ていってちょうだい」

「だけどさ……」

「あんた、私が何も知らないとでも思っているの？　それこそ何も知らないあんたなんかに、余計なお節介をされたくないわ」

「じゃあ、姉さん、知ってるの？」

　知っているのにどうして？――という目を、姉と浅見とに交互に向けた。

「則行さん」と浅見は言った。

　則行は、おまえなんかに、馴《な》れ馴《な》れしく呼ばれたくない――とでも言いたそうに、思いきり顔をしかめた。対照的にニコニコ笑いながら、浅見は言葉を繋《つな》いだ。

「お姉さんが用心しなければならないのは、僕ではなく、もう一人の人物のほうなんですけどね。そっちのほうに気をつけるよう、説得してくれませんか」

「説得するって……え？　姉さんを？」

「帰りなさい、則行」

穏代はついに、我慢しきれないとばかりに、ドアのほうを指差した。

「それから浅見さん、あなたもね。お勘定は結構です」

まごまごしていると、大声を出しそうな剣幕だった。則行はもちろん、浅見も、それに裕美までもが、圧倒されて、思わず席を立った。

仇《かたき》同士のような三人が、一緒に〔ユリアンヌ〕を出て同じエレベーターに乗った。

「さっきのあれ……」と則行のほうから口を開いた。

「姉を説得するっていうの、あれはどういう意味ですか」

怒ったような口調だが、姉を思う切実な気持ちが込められているのが分かるから、浅見は不愉快ではなかった。

「どこか、その辺でお茶でも飲みませんか」

浅見が提案して、則行の案内で近くの喫茶店に入った。若いカップルが目立つ落ち着いた雰囲気の店で、内緒話をするにはうってつけであった。

浅見は赤山裕美にほとんどのことがバレている前提で、越川夫人に戸田亘の行方を捜してくれるよう頼まれたことから、白井信吾の怪しげな行動——麻薬か何かの組織犯罪に関係がありそうなこと、そして、その白井の魔手が則行の姉に及びそうな予感がすることなどを話した。

「いっそ、警察に話してしまえば簡単なんだけど、そこまでしっかりした証拠があるわけじゃないんです。それに、白井氏は、ユリアンヌにとっても、ポロ・エンタープライズにとっても、大切な人物であるだけに、怒らせるわけにはいかないという問題がある。それだけに、なおのことお姉さんや越川夫人のことが心配でなりません」

「ふーん、そういうことだったんですか」

則行は若干の疑いを残しながらも、一応、浅見の話を信じたらしい。ところが、裕美は単純には信じてくれなかった。

「でも、それって、浅見さんがそう言っているだけで、本当なのかどうかは分からないんじゃないですか。現に、戸田っていう人から電話があって、無事でいるって言ってきたんだし、その時点で白井さんに対する疑惑は消えたんじゃないかしら」

「なるほど、そうだよな」

則行はすぐにその意見に便乗した。

「僕の話と」と、浅見は微笑を湛《たた》えた顔で言った。

「その電話の主が本物の戸田亘氏であるかどうか、どちらが信用できるのですか？」

「……………」

裕美は則行に救いを求めるような目を向けたが、則行のほうも当惑している。

「電話には赤山さんが出たのだそうですね。ところが、戸田氏は越川夫人だと信じ込んで話している。しかも、連絡が遅れたお詫《わ》びや説明もろくにしていない。一方的に自分の用件だけを言って、赤山さんが質問する余裕もなかったのでしょう？　そんな人物をまともに戸田氏だと信じるのはおかしいと思いませんか？」

「それはそうですけど……でも、それじゃ、あの電話は何だったのかしら？」

「その答えを知っているのは白井氏か、それとも立花さんのお姉さんです。なぜかというと、越川夫人が戸田氏の行方を捜していることを知っていて、それを白井氏に伝えることができるのは、立花さんのお姉さん以外にはいないからですよ」

「じゃあ、姉が白井さんに言って、戸田という人の名前で電話させたってことですか？　だけど、姉がなぜそんなことをしなきゃならないんです？」

「それはもちろん、白井氏を愛しているからに決まってますよ」

浅見は自信たっぷりに言い放ち、則行は沈黙し、裕美は「そうかァ、そうかもねえ」と溜息《ためいき》をついた。

喫茶店を出ると、いちどやんだ雨がまた強く降っていた。それもかなり大粒の、霙《みぞれ》が溶けたような氷雨であった。

「タクシー拾ってくる」

則行がビニール製の書類入れを翳《かざ》して軒先を離れ、歩道の端へ走っていった。タクシーを停めやすそうな場所を求めて右手の交差点の方向へ五歩、六歩と歩いた。

そのとき、則行が差し掛かった場所に停まっていた車のドアが開き、男が二人、つづけざまに現われ、最初の男がいきなり則行に殴りかかった。則行は反射的にのけ反ってかわしたから、それほどの打撃は受けなかったが、不意を衝《つ》かれて驚いたのと、濡《ぬ》れた歩道に足を取られたのとで、思わず尻餅《しりもち》をついた。その腰の辺りに蹴《け》りを入れようとした男も足許《あしもと》が滑って、靴の先は虚空を蹴った。

第二の男が則行に飛び掛かったとき、浅見は現場に駆けつけていた。無我夢中で「やめろ、警察だ！」と叫んだ。そのひと声で二人の男はひるんで、顔を隠すようにして車に飛び込んだ。車はドアがまだ半開きの状態で、タイヤをスリップさせながら逃走した。

「なんだよ、いまのは？」

則行は恐怖というよりキツネにつままれたような顔で起き上がってきた。コートの背中半分はびしょ濡れだが、たいしたダメージは受けていないらしい。

「大丈夫？　怪我はない？」

裕美も駆けつけてきて、ハンカチで則行の背中の辺りを拭《ぬぐ》った。通りすがりの人びとが覗《のぞ》き込むようにしていくが、立ち止まるほどの騒ぎにはならなかった。雨のせいもあるかもしれないが、この程度の揉《も》め事《ごと》は珍しくもないのだろう。

「書類入れを取られたみたいですね」

浅見が周囲を見回して言った。「あ、ほんとだ」と、そのときになって則行も書類入れが消えていることに気づいた。

「あの中には、何か重要書類でも入っていたのですか？」

「いや、べつに。今夜、ちょっと目を通しておきたい資料が入っていたけど、ただのコピーですからね、どうってことないです」

三人はまた喫茶店の軒下に戻った。三人ともずいぶん濡れて、とくにコートでない浅見は寒そうに見えた。

「風邪引きませんか？」

裕美が心配そうに言った。

「僕は大丈夫です。どうもありがとう」

「そんなことよりさ、いったいぜんたい、あいつら何者なんだ？　なんだっておれのこと襲ってきたんだろう？」

則行は裕美が浅見に優しい口をきいたのが気に入らないのか、憤ったように言った。

「あの書類入れが金目の物に見えたのかもしれませんね」

浅見は宥《なだ》めるように言った。

「そうかなあ、おれ、そんなに金持ちみたいに見えますかねえ」

「もしかしたら、間違えたんじゃないかと思うんだけど」

裕美が言って、浅見をドキリとさせた。じつは浅見も同じことを考えていた。

「間違えたって、何をさ？」

「則さんと浅見さんと」

「えっ、浅見さんと？」

「則さんと私は、一応、カップルだったじゃない。浅見さんは一人で、その三人が一緒に行動していて、そこから一人抜け出したのが浅見さんだって――そう勘違いしたのじゃないかと思うんだけど」

「ふーん……そうすると、あの店にいるときから、監視していたっていうわけ？」

「そうか、ユリアンヌにいたときからか」

「ほんとかよ。じゃあ、店にいたお客の誰かが、あいつらに連絡したってことか」

則行は寒そうに首を竦《すく》めて、いくぶん非難を込めて言った。

「でなければ、お店を出るところを見ていたか、じゃない？」

「どうなんですか、浅見さん」

「いや、僕には分かりません。しかし赤山さんは頭がいいですねえ。よくそんなことを考えつくものです」

浅見は本心から感心して言った。

「じゃあ、その可能性があるってことですか？　参ったなあ、たまんないなあ。人違いで襲われたんじゃさあ。へたすると殺されていたんじゃないかな」

「そうじゃなくて、誘拐《ゆうかい》しようとしたのかもしれない」

裕美がまた、穿《うが》ったことを言った。

「殺す気だったら、最初から殺してたはずだわ。二人とも素手だったし、見てたら、向こう側の助手席のドアを開けて、もう一人が出てきそうになったの。浅見さんが『警察だ』って叫んだから逃げだしたけど、あの男はもしかするとピストルを持っていたかもよ。そういう、内ポケットに手を突っ込むような恰好《かっこう》をしたから」

「ほんとですか」

浅見はそれには気がつかなかったが、裕美の言うとおりだとすると、その可能性は充分あるだろう。

「だけど、どっちにしたってヤバいことには変わりはないよ。浅見さん、いったい何なのですか、これは？」

「さあ……僕の感じでは、連中にしても、この場所で騒ぎになるとは思っていなかったような気がするのですが」

「どうしてですか」

「襲うにしても、尾行して、適当な場所へ行ってからにするでしょう。こんな繁華街の真ん中で、しかもすすきの交番がすぐそこにあるというのに、ちょっと危険すぎます」

「そんなこと言ったって、襲われたのは事実なんだから」

「いや、連中は錯覚したのじゃないでしょうか」

「錯覚って、だから、おれと浅見さんと間違えたってことでしょう？」

「そうじゃなく、ほら、あのとき、立花さんはまるであの車を目掛けたように近づいていったでしょう。いや、実際は違うけど、連中の目にはそう映ったかもしれない。赤山さんが言ったように、狙っていた相手が僕だったのか、それともぜんぜん別の人間だったかはともかくとしても、その相手に襲撃されると勘違いして、思わず慌てて飛び出したのじゃないでしょうか」

「なるほど……そういえば、なんだか慌てていたなあ。赤ちゃんはどう思う」

「そうねえ、そんなふうにも見えたわね」

裕美が思慮深そうに言うと、則行はあっさり納得した。

「だけど、やっぱりヤバいですよ、これは。あいつら暴力団ですかね」

「そうかもしれません。車はベンツの500クラスでした。残念ながら、ナンバーは見損なっちゃいましたが」

「これも、白井さんと関係があるのかな。どうなんですか？」

「あるいは、ですね」

浅見は慎重に答えたが、則行はようやく、これまでの浅見の話を信用したらしい。

深刻そうに考え込んでから、言った。

「おれ、ユリアンヌに戻って、姉を説得してみますよ。白井に騙《だま》されるなって」

「そうですか、そうしてくれますか」

浅見は頭を下げた。

「私も行くわ。第三者として、いまの事件、見たままを報告する」

裕美も言った。

「浅見さんも行きませんか」

「いや、それはやめておきましょう。お姉さんは僕の顔を見ただけで、アレルギーを起こしそうだ。とても客観的に冷静な気持ちで、話を聞いてくれませんよ」

「それもそうですね。じゃあ、結果をあとで報告します」

〔ユリアンヌ〕に戻る二人を見送ってから、浅見はタクシーを拾ってホテルに帰った。

第八章　二つの容疑

1

翌朝、浅見は桑園シティホテルの名入り封筒を使って、額面三十億円也のカラ手形のコピーを速達・親展で送った。宛先は西区《にし》山の手《やまて》——の有賀博昭、差出人の名は「原野」とだけ書いた。

速達は早ければ今日じゅうに、遅くとも明日の朝には到着するはずだ。有賀は北発銀行副頭取だが、銀行に送っても明日は日曜日だ。それに、有賀の許《もと》に届くまでに、総務や秘書の手を経るから、その後、内々に処理するというわけにはいかなくなるだろうと思った。

手形を送ってしまえば、あとは相手の出方を待つしかない。投げた餌にどんな魚が食いついてくるのか——。

浅見は掃除と食事で部屋を出た以外、午後三時ごろまでワープロを叩《たた》いて、遅れている原稿の執筆に勤《いそ》しんだ。

札幌に来て一週間になる。まだ一週間というべきか、もう一週間というべきか、とにかく目まぐるしいばかりの時の流れであった。

それで与えられた問題が解決したというわけではない。本来の目的である戸田亘の行方に関する手掛かりも、まだ不確かなものだというのに、徳永老人と知り合ったばかりに、思いもよらぬ大荷物を背負《しょ》い込むことになった。

(あの老人は何者なんだろう?――)

浅見はワープロの手を止めて、ふと考えた。黄色い喫茶店のマスターに「大学の先生」「M財閥の一族」ということを聞いているだけで、それが事実なのかどうかも確かめていない。マスターも本当のところは知らないらしいのだ。

とっくに現役を退いたとしても、あれだけの識見を持っているのだから、かつては一廉《ひとかど》の人物だったのだろう。それに、底知れぬような情報の源泉はどこなのか――。

白井信吾も謎の多い人物だが、徳永老人のほうが、よほど得体の知れないところがあるのかもしれない。

思いつくと、浅見は居ても立ってもいられなくなった。かといって、老人の正体を調べる方法といえば、いまのところ図書館にでも行って北海道の紳士録か人名事典でも調べるようなことしか思いつかない。あとは本人に問いただすことだ。

(それがいちばん手っ取り早いかな――)

浅見はそう思った。あの老人の隠者のような狷介《けんかい》さや人間嫌いのイメージからいうと、紳士録にも載っていない可能性がある。

出掛けようとしたところに立花則行から電話が入った。「昼にお電話したら、お留守だったもんで」と言っている。ちょうど昼食に出ていたころなのだろう。

「昨夜、あれから姉に談判しました」

「ほう、それで？」

「結果は、しかし、だめでした。姉は白井さんを信じきっていますね。惚《ほ》れた弱みっていうんですかねえ。悪い人じゃないって。おれの言うことなんか、ぜんぜん聞く耳は持たないって感じで、話になりませんよ」

「そうですか……やむをえませんね」

「そんな、冷たいこと言わないで、浅見さん、なんとかしてくれませんか」

「ははは、なんとかしたくても、最終的にはプライバシーの問題です。それにたぶん大丈夫でしょう。白井氏も、われわれが怪しんでいることを知ってますからね。お姉さんに対してひどい仕打ちができるとは思えません。お姉さん自身、あなたの忠告を無にするようなことはしませんよ」

「そうですかねえ」

則行は不満そうな声で言ってから、

「ただ、姉は最後にこう言ってましたよ。浅見さんの気持ちは伝えましたって。何のことか説明してはもらえなかったけど、そう言えば分かるのですか？」

「ああ、分かるような気がします」

穏代は、浅見が「助けたい」と言ったことを、白井に伝えたのだろう。

それに対して白井がどういうリアクションを示したのか知りたかった。好意と受け取ったのか、それとも冷淡に無視したのか——たぶん後のほうだろう。海千山千の白井のような人間から見れば、右も左も分からないような若造が小賢《こざか》しいことを——と、お笑い種《ぐさ》だったにちがいない。

則行の電話を切って、部屋を出ようとすると、ドアチャイムが鳴った。マジックアイで覗《のぞ》くと白井信吾の顔があった。穏やかな微笑を浮かべてこっちを見ている。たったいま、電話で噂していた相手だけに、浅見は一瞬、ドキッとするほどの意外性を感じたが、躊躇《ちゆうちよ》なくドアを開けた。

ドアを入るとき、白井は礼儀正しくコートを脱いだ。

「突然お邪魔して申し訳ありません」

「いえ、僕のほうも早くお目にかかりたいと思っていましたから。しかし、ここは狭いです。下の喫茶室へ行きますか」

「いや、ここのほうがいいでしょう。パブリックな場所は壁に耳ありですから」

笑いながら言うのが、なんだか、戸田がホテルの壁に盗聴マイクを仕掛けたことを皮肉っているように聞こえた。ひょっとすると、パークサイドホテルのフロントマンに一部始終を聞いていているのかもしれない。

井口のときと同様、椅子を白井に譲り、浅見はベッドに腰掛けた。

白井は間を置かずに、世間話でもするような口調で言った。

「浅見さんは、警察庁の浅見刑事局長の弟さんなのですね」

「はあ」

浅見は仕方なく頷《うなず》いた。

「しかし、僕と兄とは関係ありません」

「いや、そのことはいいのです」

白井は微笑を浮かべている。

「ユリアンヌのママに聞きましたが、浅見さんは戸田さんを捜しに、札幌に来られたそうですが、目的は果たされましたか？」

「いえ、まだです」

「そうでしょうか。戸田さんの無事が確認できたのですから、それで充分でしょう」

「戸田さんはほんとうに無事なのですか？　実際は監禁されているのではないかと思っているのですが」

「いやいや、監禁なんて……ただ、彼は負傷しておりましてね。じつは、事故に遭って、そのさい、頭を打ちました。医者は一時的だというのだが、記憶が一部——というか、かなりの部分、まだ欠落しているのです。東京での仕事のことも、自分がなぜ北海道にいるのかといった点についても、まったく憶《おぼ》えていないらしい。事故の原因がある程度、私にもあるので、快復するまで面倒を見させていただいています」

「なるほど、そうすると、戸田さんがポロ・エンタープライズの奥さんに電話したのは、白井さんの演出だったのですね」

「そういうことです。当方としては戸田亘という名前と住所ぐらいしか分からず、まさか彼が越川夫人の指示で動いていたなどとは知りませんでしたから、そのことを知って、いささか慌てました。それでとりあえず、戸田さんに台本を渡して、無事だから安心するようにという電話をしてもらったのです。もちろん、彼は台本の科白《せりふ》の意味もよく分かっていませんでしたがね」

「事故を警察沙汰《ざた》にしたり、公にしたりできなかったのは、何か事情があると考えていいのでしょうね」

「それは否定しません」

「事故があったのは、八雲町ですか」

「ほうっ……」

白井は目を見はった。

「あなたが北斗8号で函館の宮下企画へ行ったことなどを、ユリアンヌのママから聞きましたが、どうしてそんなことが分かったのか、不思議ですなあ。しかも八雲町のことまで知っているとはねえ」

その疑問には答えずに、浅見は言った。

「八雲でも大山土現所長が死にましたが、あの『自殺』も白井さんの仕業ですか」

「いや、とんでもない……しかし、そのことも知っているのですか」

驚きの色をいっそう強めながら、しかし白井ははっきりと首を振って否定した。

「ただし、いまの件については、事実はその逆と言いたいですな。彼を死なせたのはわれわれの不覚だった。せっかく焙《あぶ》りだしたタヌキを……警察がいかにあてにならないかは、それを見ても分かるでしょう」

警察の捜査を歯痒《はがゆ》いと思っているような口ぶりだ。その警察の幹部を兄に持つ浅見としては、複雑な心境である。

「ひとつ確認しておきたいのですが」

浅見は言った。

「昨夜の襲撃は、白井さんの指示で行なわれたものですか」

「襲撃？……」

白井は眉《まゆ》をひそめた。

「何のことか分かりませんが、浅見さんが襲われたのですか？」

とぼけているようには見えなかった。浅見は信じていいものかどうか迷いながら、ススキノであった「襲撃事件」の顚末《てんまつ》を白井に話した。

「いや、それは私の関知しないことです」

白井はきびしい表情で言った。唇を引き締めたその顔には、嘘をついているような気配は窺《うかが》えなかった。

「ではそのことはいいとして、白井さんたちは何をしようとしているのですか？」

「それは言うわけにはいきませんが、あなたに危害を加えるつもりはまったくないことだけは確かですよ」

「しかし、かなり強烈なことをやっているのは事実でしょう。たとえば、北大植物園とひかり公園の事件」

核心を衝《つ》くことを言ったのだが、白井はさほど驚く様子も見せない。

「関係のあることは否定しません」

「僕の知るかぎり、どちらの事件の被害者も、いまだに身元が分かっていないようですが、いったい何者ですか？」

「身元はたぶん永久に割れないでしょう。どちらも、日本国籍の人間ではありませんからね」

「えっ、外国人なのですか？」

「そうですよ。北大植物園で死んだのはモンゴルの人で、われわれの仲間だった。ある情報を受け渡す段取りになっていたのだが、ちょっとしたアクシデントがあって、私が予定時刻より遅れたために、一瞬の差でやられました」

「やられた——とは、何者にですか？」

「それは分かりません。憶測では言えますがね」

「憶測でも結構ですが」

「まあ、それを確かめるために、北大植物園で襲撃されたのを逆手に、ユリアンヌを使って、わざと情報を漏《も》らして、ひかり公園に敵をおびき出したのですが、罠《わな》にかかったと分かったとたん、毒を飲みました。そういう訓練を受けた人間であることは確かです」

「それがユリアンヌに来た『山田』と名乗る男なのですね。そうすると、その山田が北大植物園の犯人ですか」

「いや、そうとも言いきれない。敵は何人もいますからね。情報交換はするが、実行犯が同一人物かどうかは分からないのです」

「驚いたなあ……」

浅見は素朴に嘆声を発した。

「まるでスパイもどきじゃありませんか」

「ははは、もどきと言われたが、もどきではなく、スパイそのものですよ」

「えっ、ほんとですか？　いや、じつは僕も冗談みたいに、もしかしたら——と考えたりもしたのですが……しかし、日本の中で、そんな抗争が現実に行なわれているんですか？　いったい何を争っているのですか？　ソ連は崩壊したのだし、いまさらスパイ合戦でもないでしょう」

「冷戦は終わって、スパイの役割は終了したが、スパイそのものは存在するのですよ。それにスパイというと、何やらかっこいいもののようだが、その実態はみみっちい密輸業者と変わりありません。ただ扱うのが機密情報だったというだけのね」

白井は頰を歪《ゆが》めて笑った。

「冷戦が終了し、ソ連が崩壊してただの貧乏国に成り下がったいま、情報の注文がほとんど途絶えてしまったものだから、彼らの多くは仕事を失った。つまり失業者と同じことですよ。そこで情報の代わりとなる商品を考えなければならない。まあ、従来もやっていた副業ともいえるが、食っていくためには、いまやその副業に精を出さざるをえなくなったということです」

「副業とは、たとえば銃の密輸ですか？」

「そう、銃と麻薬です」

「しかし、そういった連中なら、警察に任せておけばよさそうに思いますが。それとも、警察だけでは頼りないとでも？」

「それもありますが、それだけではない特殊事情がありましてね」

「どういう事情ですか？」

「いや、そこまで説明するわけにはいきませんな」

白井の顔から、それまでの親しみのある表情が消えた。

「こうしてお邪魔した目的も、あなたがこれ以上深入りして、われわれの邪魔をしないように、お願いすることにあるのです。なにはともあれ戸田さんの無事は確認できたのだから、これであなたの役目も終わったのだし、東京へお帰りください」

言葉は丁寧だが、有無を言わせぬ気配がこもっている。

「残念ながらそうはいきません。戸田さんに関するかぎり、いまの白井さんの説明をまともに信じれば、僕の目的は終わったことになりますが、じつは、こっちに来て、もっと大きな対象にぶつかりましたからね」

浅見が気負った口調で言うのを、白井は憂鬱《ゆううつ》そうに頷《うなず》きながら聞いていた。

「どうもそのようですなあ。何か余計なことに首を突っ込んでおられるようだが、このへんで引き揚げられたほうがいい。これは脅しではない。本気で身の安全を考えるべきです。昨夜の襲撃事件のようなことが、今後も起こらないという保証はありません」

「危険なのはあなたも同じことではありませんか？」

「ははは、それはそうですが、私にはやらなければならないことがある。あなたのような呑気《のんき》な立場とはわけが違うのです」

「あなたは特別な人間ですか？」

「は？……」

不意に妙な質問を受けて、白井はキョトンとした、無防備の顔になった。

「あなたも日本国民なら、僕も同じ日本国民です。それほど立場が違うわけではないと思いますが」

「ああ、呑気と言ったのがお気に障りましたか。失言だったら取り消しますよ。しかし、現実にあなたに何ができますかな」

「あなたたちにできることはできるつもりです」

「そうは言っても、あなたには武器もないし、仲間もいない。万一の場合、どうやって戦うつもりですか」

「僕にだって武器はあります。いや、銃はないが、戦うことはできます。それに、あなたと基本的に違うのは、日本警察を信じているということです」

浅見は背を反らせ、まるで警察を代弁するように昂然《こうぜん》と言った。

「なるほど、浅見さんにはお兄上がおいでですからな。たしかに日本の警察は優秀ですよ。しかし、いかにも体質が古い。捜査のマニュアルが硬直したものだから、国際化し先鋭化する凶悪犯罪に追いつかないのです。たとえば、松本《まつもと》でサリンによる大量殺傷事件が発生したさい、警察は一地方警察署と長野県警に任せきりで、国家警察的な組織は動かなかった。いや、動かそうにも、そういう組織自体が存在しないことになっているのだから、機能しようがないのですな」

白井は皮肉な笑みを口の端に浮かべた。

「まあ、そこまで大袈裟《おおげさ》に考えなくても、警察がちょっとした頭脳犯に対応しきれないのは、浅見さんだって知っているはずだが」

「ええ、それは分かっています。たとえば、さっき白井さんが言ったとおり、土現所長の死などは警察の失態なのでしょう。そこへもってきて、今度は技術部長が消えたそうですしね」

「えっ？　原野が消えたのですか？」

白井は怪訝《けげん》そうに眉をひそめ、「なぜだろう？」と呟《つぶや》いた。

浅見は、何でも知っていると思っていた白井が、その事実を知らなかったことに驚いた。おまけに、原野の「失踪《しっそう》」がどういう意味を持つものか、理解できないらしいことも意外だった。

2

「浅見さん、原野が消えたということは、誰から聞いたのですか？」

「札幌中央署の刑事です。もちろん信憑性《しんぴょう》はありますよ」

「そうですか……何があったのかな？」

「原野氏は重要人物ではないのですか？」

浅見はわざと素朴な訊《き》き方をした。

「いや、重要人物ではあったが……」

「つまり、大山所長を焙《あぶ》り出すまでは――という意味ですか？」

「そう、原野はすべて上司である大山土現所長の指示に従っていたと自供して、そのことが大山を地検に引っ張り出す根拠になりましたからね。その時点まではきわめて重要な存在だったのです。地検は第二回目の取調べで逮捕拘禁する予定だった。ところが、その直前、大山が失踪した。われわれはある筋から、大山が八雲町にいるという情報を得て、現地へ飛んだのだが、思わぬ妨害が入って、大山を目前にしながら逃げられた。それどころか、その日のうちに大山は消されてしまったのですよ」

「妨害というのは、戸田さんですか」

「そのとおり。戸田が尾行していることに、私はまったく気づいていなかったのだが、仲間が彼を発見しましてね、てっきり敵の一人が私を付け狙っているのだと思い込んだ。正体不明の人物に背後を狙われて、きわめて危険な状況だと判断したのです。それで、とりあえず大山を追うのは諦《あきら》めて、尾行者を排除することにした。そのさいにまあ、暴力的なことがありましてね。といっても、なかば事故のようなものだが、戸田は頭にショックを受けて記憶を喪失してしまったというわけです。後で、これがぜんぜん無関係の人間だったことが分かったのだが、彼が現われたせいで、われわれは大山を見失って、みすみす死なせてしまうことになりました」

　白井は痛恨のきわみ——というように、天井を仰いだ。

「いまの白井さんの話を聞くと、まるで警察のような仕事をしているとしか思えませんね。いったい、どういう組織なのですか？」

「それは言えません」

「国際刑事警察機構みたいなものですか」

「ははは、そんな立派なものではありませんよ」

笑ったが、すぐに真顔に戻って言った。

「とにかく、浅見さんは東京へ帰ってください。でないと、戸田のケースのように、われわれにとって邪魔な存在になりかねない。あなたを排除するのは簡単だが、その背後にいる警察庁刑事局長さんは脅威ですからな。なるべくなら敵に回したくないのですよ」

聞きようによっては、皮肉とも脅しとも受け取れる言葉だ。

「じつは、それと同じようなことを越川さんにも言われました。危険だから東京へ帰れと。越川さんも白井さんの組織の一員と考えていいのですか？」

「いや、彼はごくふつうの善良な市民で、われわれの組織の人間ではありませんよ。しいていえば、シンパのようなものですかな。あの人は純粋に北海道や札幌を愛して、その理念の延長線上で私に共感してくれているだけです。浅見さんにどんな警告をしたのかは知りませんが、それはあなたの身を案じてのことでしょう。あなたがへたに介入すれば、生命の危険もあると心配しているのです」

「でしたら心配ないとお伝えください。僕は白井さんたちの邪魔をするつもりはまったくありません。白井さんのことを調べたのは、戸田さんの安否を確かめるのが目的だったのですからね。それさえはっきりすれば、僕の役目は終わりです。ただし、さっきも言ったように、それとは別に、もっと大きな対象に出くわしました。それが白井さんたちの活動とどこかで重なっているのかどうか知りませんが、たとえそうであっても、こっちのほうは簡単に手を引くわけにはいきませんよ」

「困った人だな……」

白井は笑って、

「その対象とはつまり、大山所長の変死事件ですか？」

「ええ、まあ、そうですが……」

浅見は答えをぼかして、なるべく素人っぽく訊いた。

「ところで、大山という人物ですが、彼は、消されなければならないほど、重要な存在だったのですか？」

「まあ、そういうことが言えるでしょうな。大山自身は小物かもしれないが、しかし、彼が握っていた情報は、関係者にとってはおそらく爆弾のようなものだったでしょう」

「それはつまり、汚職の容疑が上層部に及ぶということですね？」

「ああ、それもありますがね」

「それも、というと、それ以外にもあるのですか。何なのですか、それは？」

「ははは、とどのつまり、またそこへ戻っていく。しかし、ここから先はあなたの踏み込めない世界のことです」

白井は立ち上がった。

「とにかく、私はあなたに東京へ帰るよう進言しました。そのことを忘れないでいただきたいものです」

浅見の頑迷さにほとほと呆《あき》れ果てた——と言いたそうに首をひと振りし、軽く頭を下げてドアに向かった。

「ちょっと待ってください」

浅見も立ち上がって、呼び止めた。白井は物憂げに半分だけ、振り向いた。

「一つだけ確認しておきたいのですが、白井さんの二番目の奥さんは、十二年前に亡くなられたのだそうですね」

「ええ、そのとおりですが」

「たしか、銃で撃たれたとか」

「ほう……」

「白石区のほうでしたか」

「………」

白井は、相手にどの程度の知識があるのか探るような目で、じっと浅見を見つめた。

「暴力団の抗争に巻き込まれたと、警察は断定したそうですね」

「………」

無言だが、白井の頬に嘲笑《ちょうしょう》するような皺《しわ》が刻まれた。

「犯人は特定できなかったのですか」

「もちろんです」

「その事件のとき、白井さんはどこにいたのですか？」

「ははは、私のアリバイですか。そんなことは、いくらアホな警察だって調べますよ。あなたらしくもない質問ですな」

露骨に軽侮の色を浮かべ、肩をそびやかすようなポーズを見せてからドアを開けた。


白井が消えたドアを、浅見はずいぶん長いこと見つめていた。白井にばかにされるのは承知の上で訊いたのだが、事件当時、被害者の「内縁の夫」である白井は、それなりの取調べを受けたに決まっている。怨恨《えんこん》の疑いがあれば、もっとも疑われるのは白井だったにちがいない。その結果、シロと認定されたのならシロと思うほかはない。

浅見はベッドの上に尻《しり》を落とした。ドッと疲れが襲ってきた。突然の来訪に虚を衝かれたこともあるが、白井はやはり、役者が一枚上の相手だったと思わないわけにいかない。浅見の知りえない事実や情報を握っている強みもあるのだろう。

ただ、白井が追っているものと、浅見のそれとは、必ずしも同一の線上にあるとはいえないような気がした。線がクロスしているにしても、行く先は違うらしい。最後に白井が「汚職容疑以外のこと」を示唆したのが、それを象徴しているように、同じ大山土木現業所所長絡みの事件に関しても、白井の考えているのと浅見のイメージとでは、明らかにズレがある。

とくに意外だったのは、原野の「失踪《しっそう》」について、あまり重要視していないことである。井口部長刑事の受け止め方と比較すると、その差は際立っている。白井にとっては、原野がどうなろうと、もはや、たいした関心はないようだ。

井口は経済事犯畑の刑事として、汚職事件の中心人物である大山や原野を追っていたのだが、もしかすると、白井が大山を追い詰めた本当の狙いは、別のところにあったのかもしれない。

そうだとすると、大山を消した犯人の狙いは、汚職事件の証拠湮滅《いんめつ》だけではなかったということになる。

いったいそれは何なのか？　そのことを井口をはじめ、警察や検察はまったく知らないのだろうか？

浅見は急に不安になってきた。警察は八雲町沖の海で大山が死んだ事件を、すでに自殺として処理している。北大植物園の事件と〈ひかり公園〉での事件との関連も、あまり重要視する気はないらしい。まして、それらがたがいに絡み合っていることや、汚職事件以外の「何か」が起きているなどとは、想像もしていないはずだ。

浅見は徳永のところへ行く予定を変更して、井口に会うことにした。しかし中央署に電話すると、井口は席にいないとのことだ。休みかどうか訊《き》くと、それは分かりませんと冷たく言われた。警察は捜査員の動向をむやみに漏らさないものなのだろう。ことによると、土曜日は半ドンなのかもしれない。

諦《あきら》めてロビーに下りていくと、エレベーターの前でバッタリ、井口に会った。「出掛けるんですか？」と言われて、浅見は思わず笑ってしまった。

「どうかしましたか？」

井口は怪訝《けげん》そうに訊いた。

「いや、井口さんに会えて嬉《うれ》しかったものですから、つい」

「ははは、何ですか、それは。男に嬉しがられてもしようがないなあ」

井口は笑ったが、すぐに真剣な顔になって言った。

「例の十二年前の事件のことですが、捜査の資料を調べてきました」

二人はロビーの脇にある喫茶コーナーに入った。

「事件があったのは、白石区本通というところで、目撃者によると、走行中の車の中から発砲した者がいて、弾丸が、たまたまそこを通りかかった女性——伊藤直子の腹部に命中したというものです」

井口は手帳のメモを見ながら説明した。

「このあいだ報告したように、犯人はおそらく暴力団関係者と見られ、犯人が狙ったのは対立関係にあったほかの組の幹部ではなかったか——と、これは目撃者の話に基づく推測ですが、被害者の女性の近くに、それらしい二人連れの男がいて、事件後、慌てて逃げたというのです」

「被害者を見捨ててですか」

「そのようですな。要するに、自分たちも後ろ暗いところがあったのでしょう。警察への通報は目撃者が行なっています」

「その目撃者の話というのは、信用できるものだったのでしょうね？」

「まあ、そういうことでしょう。かなり信頼度の高い証言者ですからね」

「では、事件は完全な流れ弾によるトバッチリだったわけですか」

「そういうことです。被害者はその後、十日間生存していたが、腹膜炎を併発して死亡したそうです。つまり傷害致死ですな」

「怨恨の線は調べたのでしょうね？」

「もちろん、かりに目撃談があったとしても、警察はひと通りのことはやりますよ」

井口は心外そうな口ぶりであった。

「被害者には、白井という内縁関係の夫がいましたが、事件当時のアリバイはしっかり確認されています」

「そうですか……」

　白井や越川の言っていたことは、すべて裏付けられたわけだ。白井が連続夫人殺しである可能性はなくなったということか。

「ところで浅見さん」と、井口は改まった口調になった。

「浅見さんがその事件に興味があるのは、どういう理由ですか?」

　浅見はどう答えればいいのか、困った。まるっきりとぼけてしまうのは、これだけ手間をかけさせただけに、気持ちが許さない。

「じつは、いま井口さんが言われた白井という人物は僕の知り合いなんですよ。いや、正確に言うと、知り合いの女性を口説いている男——です。十二年前に札幌でそういう事件に遭ったと言っているというので、調べてみようか——と。つまり、青ひげみたいな人間だと危ないですからね。しかし、そんなプライベートな用事で部長刑事さんを使って、申し訳ありませんでした」

「ふーん、そういうことでしたか……」

　井口は頷《うなず》いたが、かなり疑わしそうな表情であった。

「話は違いますが」

　浅見は井口の関心を逸《そ》らすためもあって、話題を変えにかかった。

「原野氏のことですが、この人は、消えたり消されたりしなければならないほど、重要人物なのですか？」

「原野自身は一地方事務所の技術部長という役職ですから、額面どおりに解釈すれば、それほどの重要人物ではありませんが、しかし原野がその立場上、知りえた情報の中には、ひょっとすると北海道の政財界を揺るがすほどのものがあるかもしれません」

「それはたとえば、ヨロイ建設と北発銀行の関係であるとか——ですか？」

「え、驚いたなあ……」

井口は大きく目を見はった。

「浅見さん、あんた、札幌に来てまだ一週間のはずですが、どこからそんな情報を仕込んだんですか？　それとも、事前に調べがついていたのですか？」

「いいえ、そんなことはありませんよ。北海道に来るまでは、ヨロイ建設だの北発銀行だのといっても、ちょっと小耳に挟んだ程度で、何か怪しげなことが起こっているらしいとは聞いてましたが、具体的なことはさっぱり分かりません」

苦笑しながら言ったのだが、井口はまたしばらく疑わしそうに浅見を見つめて、しきりに首を振っている。

「ふーん、本当に知らないというのならお教えしますがね。たぶん浅見さんが聞いたのは、北発銀行からヨロイ建設に対して行なわれた過剰融資問題と、それに引き続く乗っ取り問題ではないですかね。しかし、それはじつは表舞台の騒動でしてね」

「というと、舞台裏があるのですね」

「そのとおりです。ヨロイ建設に対する過剰融資というのは、二束三文の山林を担保に融資した、いわゆるバブル時代に全国の銀行が狂奔して行なった典型的なケースです。そのツケが不良債権となって残った。北発銀行側の発表では、およそ一千億円といわれています。それを担保に、会社ごと乗っ取ろうというのが表面上の動きです。しかし北発銀行の真の狙いは、乗っ取りによって、ヨロイ建設の持っている情報を抑え込むところにあるというのが、われわれの観測です。逆にヨロイ建設側からいえば、その情報を保有しているかぎり、巨大な北発銀行に抵抗できるというわけですね」

「その情報とは、何なのですか？」

「いくつもあるらしいが、第一に北発銀行の業績の極端な悪化でしょう。現在、北発銀行が抱えている回収不能の債権は三千四百億円といわれる。ところが、実態はそんなものではなく、銀行がひた隠しにしている不良債権の総額は一兆円とも二兆円とも考えられるのですよ」

「二兆……」

経済音痴の浅見にも、さすがにその額の大きさは分かる。

「そうすると、三十億円の約束手形なんて、ほんのカスみたいなものですね」

素朴な感想だが、井口は「いや、そんなことはない……」と強く否定した。

「何千億だの何兆だのといっても、それは紙の上の数字……いや、紙にも書かれない数字ですが、手形となると、これは現実に換金される、いわば現ナマに等しいものですからね。三十億円の手形には三十億円分のエネルギーがありますよ。かりにそれがカラ手形であってもです」

井口がはじめて見せたといってもいい、本来の、警察官らしい怖いほどの真顔である。浅見は自分の軽薄さを恥じる気分になった。

＊

北発銀行副頭取の有賀博昭の自宅に、ヨロイ建設の藤島《ふじしま》社長が訪ねてきたのは、午後六時近かった。西区の山の手にある有賀家は広大な敷地に金にあかせて建てたような洋風の建物である。

（企業を骨の髄まで搾り取って建てたようなもんだ――）

藤島はこの屋敷を見るたびに、腹が立つ。呼びつけられて、おめおめとやって来る自分にも腹が立った。

お手伝いの案内で応接室に入った藤島は、明らかに仏頂面であった。迎える有賀もろくに挨拶《あいさつ》も返さない。

この二人に、かつては蜜月《みつげつ》の時期があったなどと、おそらく、彼ら自身ですら信じられないだろう。

「私を呼びつけて、何かいいお話でもありますか」

藤島は最初から喧嘩腰《けんかごし》で言った。

「ははは、もちろん、面白い話ですよ。これを見てくれませんか」

有賀は空笑いして、封筒に入ったものをポンとテーブルの上に放った。

藤島は中の紙片をひと目見て、「何ですか、これ？」と言った。

「それは、藤島さん、私のほうでお訊《き》きしたいですなあ。あんたも紳士なら、そういうことはやめたらいかがです？」

「そういうこと？　とは、何のことか分かりませんが、こんなもの、ただの贋物《にせもの》じゃないですか。しかもコピーだ。これがどうしたって言うんです？」

「贋物で片付けられますかなあ。私の目は節穴ではないですぞ。三十億はまさにサッポロドームの手付金としてはぴったりだ。北発銀行をないがしろにして、江場長官を口説こうなどとは、あんた、十年早い。身の程を弁《わきま》えられるがいい」

「なんですと？　ふん、あんたのほうこそ、自分の足許《あしもと》を大事にしたらどうです？　下半期決算は業績悪化を隠蔽《いんぺい》する粉飾だなんてことをバラされたとなると、幹部クラスは全員これでしょう」

右手をナイフのようにして、首を切る真似をした。

「くだらん憶測で脅すのはやめなさい」

「脅しかどうかやってみますか。それとも、うちの社の株を高値で中小企業に押しつけておいて、うちを倒産させ、うまいこと売り抜けようっていうほうが罪が深いですか。紳士面の銀行さんとしては、おっそろしく汚ないイメージだ。どちらでもご希望どおりにバラしますが」

「ふん、そんな根拠のないことを、いまのあんたが触れ回ったところで、誰も相手にしてくれんでしょう。そんな虚勢を張らずに、さっさと諦《あきら》めて、経営権をお譲りなさい。そうすれば、あんたにも、それ相応のポストを用意してあげるから」

「ははは、ご親切にどうも。ありがたくて涙が出ますな。それにしても、こんなもの、出所はどこです？」

「原野と書いてありましたよ。あの原野なら、いずれ警察が調べだすでしょう」

「ん？　警察？　有賀さん、警察を引き込むつもりですか。そんな物を警察沙汰《ざた》にしたら、困る人が出るじゃないですか。それでもかまわないと言うんですか」

「困る人とは、長官のことですか」

「そうは言ってませんけどね。まあ、かりにそうだとすると、あの長官はただのトーシロじゃない。怒ると何をするか分からないから、気をつけたほうがいいですよ。月夜の晩ばかりじゃないしねえ」

捨て台詞《ぜりふ》のように言って、藤島は立ち上がった。

3

井口部長刑事が引き揚げるのを待って、浅見は徳永老人の家へ向かった。間もなく夕暮れ。早い家庭なら食事時間に引っ掛かるかもしれないが、徳永の言葉を額面どおりに受け取れば、いつ訪ねてもいいはずだ。

表通りでタクシーを降りて、坂道を上っていくと、徳永家の前に車が停まっているのが見えた。黒塗りの、国産だが大型車だ。

（お客か――）

浅見はしぜんと、歩速を抑えた。

門内から誰か出てくるらしく、運転手が慌てたように車を降り、後部ドアを開けた。門を出たのは長身の男だ。辺りは薄暗く、人の顔などは定かに見えないが、俊敏そうな身のこなしで左右に視線を送り、浅見の姿を発見すると、薄闇を透かすようにして、しばらくこっちを見つめていた。

しかし、運転手が迎えたのはその男ではなかった。男につづいて、恰幅《かっぷく》のいい年配らしいシルエットの紳士が現われ、運転手に鷹揚《おうよう》に手を上げて、車に入った。

長身の男がそれにつづき、運転手がふたたび乗り込むころには、浅見はほとんど小走りに足を速めて、ナンバープレートを読める距離まで近づいた。

車が街角を曲がるのを見届けてから、浅見は門を入った。

玄関に入って「浅見です」と、奥へ向かって声を投げると、「入りなさい」と徳永老人の声が聞こえた。

徳永は暖炉の前で、この世の終わりのような、疲労困憊《こんぱい》した顔で、大きな肘《ひじ》掛《か》け椅子の中に沈み込んでいた。

「お客さんでしたか」

挨拶の後、浅見は遠慮がちに訊いた。

「ん？　ああ、いや……」

徳永はどうでもいいというように答えた。まともな返事をするのも億劫《おっくう》らしい。

「SPがついていたようですが、どなたかVIPですか？」

「いや、どうですかな、よく知らんが」

徳永は大きく息を吐いて、はぐらかすように、「あんた、あれはもう出しましたか？」と訊いた。三十億円のカラ手形のことを言っている。

「ええ、けさ、速達で出しました」

「そうか、出しましたか。サイは投げられたというわけですな」

「いけなかったでしょうか？」

「ん？　いや、それでよろしい。すべて世は運命の手に委《ゆだ》ねられておるのです」

なんだか投《な》げ遣《や》りな言い方に聞こえる。徳永に何か誤算でもあったのだろうかと、浅見は不安になった。

「で、用件は何かな？　いささか疲れているので、難しいことは、勘弁してもらいたいのですがな」

徳永は、椅子から腰を浮かせぎみにして言った。

「失礼ですが、徳永さんのご経歴をお教えいただければと思いまして」

浅見は思いきって、ストレートに切り出した。でないと、徳永は奥へ引っ込んでしまいそうな気配だった。

「わしの経歴？　そんなもの、話すほどのことは何もない。半世紀も昔に世を捨てた、気儘《きまま》なじじいですよ。いっそのこと、永平寺《えいへいじ》かトラピストにでももぐり込めばよかったのだが……」

自嘲《じちよう》するように低く笑った。

「それもできず、死ねもせず……少しは世のためになるかと思って老醜を晒《さら》してきたが、それも幻想でしたかな」

「どうなさったのですか？」

浅見は驚いて、無意識に老人に手を差し伸べた。なにか、支えてあげないと、いまにも倒れそうな——そうだ、風の中のロウソクの炎のような儚《はかな》いものを感じた。

「浅見さん」

徳永はまた椅子に深く身を委ねて、改まった口調で言った。

「いままで黙っていたが、じつは、わしはあんたのおやじさんと、ずいぶん昔に会ったことがあるのですよ」

「えっ、僕の父とですか？」

「さよう、あんたの顔を見て、名刺を見て、すぐに気がついた」

（そうだったのか——）と、浅見もこれまでのモヤモヤしたものの一部が吹っ切れたような気がした。狷介《けんかい》な老人が、風来坊のように現われた見知らぬ余所者《よそもの》を、ああも簡単に受け入れてくれた本当の理由は、そこにあったのだ。

「浅見秀一《あさみしゆういち》氏——といわれましたかな。大蔵省のまだ係長かそのころだったと思うが、わしよりずっとお若いのに、すでにして人物でしたなあ。将来は間違いなくトップに立たれる人だと、ひと目で分かった。急逝されたという新聞記事を見たときには、愕《がく》然《ぜん》としました」

「父とは、どういう？」

「そのときが初対面です。東京からわざわざわしを訪ねてくれてな。もっとも、美人の奥さんを連れておられたから、見せびらかしに来たのかもしれんが」

　徳永は懐かしそうな目を天井に向けて、笑った。

「そういえば、今度、僕が札幌に来る前、母が、若いころ父に札幌へ連れていってもらったという話をしておりました」

「そうでしたか。憶《おぼ》えておりますよ。いや、初々しいが、しっかりしたご婦人でした。相変わらずお美しくてお元気ですかな？」

「はあ、まあ、元気は元気ですが……」

　浅見は言葉をにごした。あの恐怖の母親と「初々しい」という言葉とが、浅見の中ではどうしても結びつかなかった。

「父は何をしにお邪魔したのでしょう？」

「わしを引っ張り出しに来たのです。戦後の混乱から北海道を立ち直らせるには、おまえさんが必要だ——と、そこに坐《すわ》って、熱っぽく説得された」

　徳永は浅見のいる位置を指差した。

　浅見は思わず足許《あしもと》の床を見た。半世紀近い昔に、この場所に父親と、それに母親がいたのかと思うと、それこそ運命的な厳粛なものを感じないわけにいかない。

「先見の明というか、現状分析が鋭いというか、頑迷なわしなど、遠く及ばぬ天才的な見通しを披瀝《ひれき》された。満州も朝鮮も台湾も、おまけに樺太《からふと》まで失って、もはや日本が発展する余地は北海道にしか残されていない——と、涙を流さんばかりにわしに語ったものです。その時点で、あんたのおやじさんはすでに北海道開発庁のようなものの構想を抱いておられたようだ。北海道の開発にこそ、日本の将来の消長ありと考えたのでしょうな。その数年後、開発庁が発足するのだが、おそらく、政府の発案の源は浅見秀一氏だったはずです」

「そうすると、北海道開発庁が抱える矛盾の禍根は、父が植えたものですね」

「ばかな！」

老人は一喝した。

「現在の、泥に塗《まみ》れたような北海道開発庁など、おやじさんの高邁《こうまい》な理念とはまるで異質なものだ。創設時の理念も目的も存在意義も失いながら、ただひたすら、無為に生き永らえておるにすぎん」

浅見に対してではなく、ばくぜんと何かに向かって怒っている。

「何事によらずおしなべて、創生のころは美しく気高いものだが、年旧《ふ》るにつれて醜悪なものになる。人間の一生もまたしかり、ですな。しかし、時到れば人は死ぬが、法や制度は死ぬべきときを逸して、汚物を撒《ま》き散らす。行政改革などとお題目を唱えても、北海道開発庁にかぎらず、何百とあるむだな特殊法人や組織の一つだに切れないのが、現実の政治というものだ」

一気に喋《しゃべ》って、「はあ、はあ」と苦しそうに息をした。浅見が「大丈夫ですか？」と言ったのにも、しばらく応《こた》えられないほどの弱りようであった。

「わしも、どうやら……」

荒い息遣いの合間を縫うようにして、徳永は言った。

「死ぬべきときを、逸してしまった、らしい。何かができるかと、思って、生きてきたのだが、どうやら、それどころか、世間にとっては、困った存在のようだ」

「なぜですか？　なぜそんな弱気なことをおっしゃるのですか？」

浅見は不安に駆られ、椅子から立ち上がり、徳永の顔を覗《のぞ》き込んでそう言いながら

「あっ」と思いついた。

「そうか、さっきのお客さんと何かあったのじゃありませんか？　そうなのでしょう？　あの人はいったい誰なのですか？」

立て続けに訊《き》いたが、徳永は物憂く首を横に振るだけで、口を開かない。浅見は本気で、徳永がこのまま死ぬのではないかと思った。

「あの、大丈夫ですか？　医者を呼びましょうか？」

徳永は顔じゅうを皺《しわ》だらけにして、弱々しく笑い、薄く目を開けて浅見を見た。

「まだ、わしを殺すのは、早い」

「そんな……」

浅見は肩の力が抜けて、椅子に腰を下ろした。

「この先、どうなるか、分からんが」

徳永は目を閉じ、呟《つぶや》くように言った。

「浅見さん、あんた、しばらく、見つづけていて、くださらんか。あの者どもが、何をやらかすか、見つづけて、叱ってください」

「叱る……」

浅見は老人の呟きを反芻《はんすう》して、その意味するところを考えた。

(そうか、徳永さんは叱りたかったのかもしれない――)

そう思った。

半世紀近い昔といえば、敗戦の直後といっていい時代か。徳永は、そのころすでに、ただの隠者同然の身だったようなことを言って、自己卑下しているけれど、若くして大蔵省の少壮エリートだった浅見の父親がはるばると訪ねてきて、熱心に口説いたというほどだから、ただ者ではなかったのだろう。

しかし、父の説得も空しく、徳永はついに立たなかったということか。

徳永がそこまで徹底して世を捨てた理由は、おそらく訊いても言わないだろう。いずれにしても、戦時中に何かよほどのことがあったにちがいない。

黄色い喫茶店のマスターは、徳永老人のことを「M財閥の一族」とか言っていたが、それが事実だとすると、財閥系の企業と軍部の癒着など、内側からつぶさに見ていたはずだ。ことによると、自分がその渦中にあって、手を汚すようなこともあっただろう。その贖罪《しょくざい》の意思が、隠遁《いんとん》の道を選ばせたのかもしれない。

そうして長い歳月、徳永はじっとこの古い屋敷に逼塞《ひっそく》しながら、北海道の変遷をどう見てきたのだろう――。

「さて」と、徳永は浅見に向けて、顎《あご》をしゃくってみせた。

「もう、帰られるがいい」

穏やかだが、逆らう余地のない言い方であった。

聞きたいことの十分の一も聞いていないのだが、父親に関する話など、思いがけない収穫ではあった。そういった話を通じて、浅見はなんとなく徳永の半生や遠い過去の歴史を垣間見《かいまみ》たような気がしていた。

浅見が部屋を出るとき、徳永老人は椅子を立って奥のドアを開けるところだった。

「失礼します」

浅見がその背に一礼すると、徳永は向こうを向いたままで、「お元気でな」と言い、語尾と一緒に、薄暗がりの中に姿が消えた。

外はいちだんと冷え込んでいた。坂道を下って表通りに出たが、車の通行量の少ない道路だ。東京のように、簡単にタクシーが拾えるものではないらしい。浅見は仕方なくホテルの方角へ向かって歩いた。

ふと、背後に車の気配を感じて振り返った。タクシーなら停めるつもりだったが、そうではなかった。暗くてよく分からないが、タクシーマークのないふつうの乗用車が、三十メートルほど手前のところで、スモールライトを点《つ》けた状態で停まった。

浅見は本能的にいやな気分がした。つけられているような感じである。もっとも、その証拠はない。しばらく動かずにいたが、向こうも何の動きも見せなかった。

気のせいだろう——と歩きだして、少し行ったところの交差点で振り返ると、車はそのままの位置にいた。やはり考えすぎらしい。いささかナーバスになっている自分に、浅見は苦笑した。

運よくタクシーが通りかかって、乗せてもらえた。ススキノから客を送った帰りだという。両手をこすりながら「札幌は寒いねえ」と言うと、運転手に「お客さん、その恰好《かっこう》じゃだめだよ」と笑われた。

桑園シティホテルの前で降りて、料金を払いながら、なにげなく振り返ると、少し手前の道路端にスモールライトを点けた車のあるのが見えた。通過してきたときには、そこには車がなかったはずだ。

(さっきの車かな?——)

気づかないふりをしてホテルに入ったが、玄関の柱の陰に隠れて、道路を見張った。

ほんの十秒ほどの間を置いて、車が一台、ゆっくりしたスピードで通過していった。ホテルの明かりにぼんやり照らし出された車は、黒塗りの大型の乗用車だった。助手席と後部座席にもひとが乗っていて、こっちを窺《うかが》っているように見えたが、その顔かたちは定かではなかった。

しかし、浅見はその車がさっき、徳永家の客が乗っていった車ではないかと思った。少なくとも型式は同じようなタイプだし、乗っている人数も一致する。

（あの客は何者だったのだろう？——）

あらためて気になった。もっとも、ことによると、先方もこっちの素性を気にして追ってきたのかもしれない。

部屋に着くまで、浅見の思考は揺れたが、結局、（ま、いいか——）と思うほかはなさそうだった。

4

夜明け近く、夢現《ゆめうつつ》の中で遠いサイレンの音を聞いた。また何か事件が起きたのだろうか——と思いながら、また眠った。

朝、いつもどおり九時過ぎに起きだして、レストランで遅い食事をしたためた。旅のいいところは、何時に起きようが誰も文句を言わないことである。

ビジネスホテルの日曜日は閑散としたものだが、十時近いこの時間ともなると、レストランは浅見のほかに客はいない。浅見はのんびりとトーストにジャムを塗り、コーヒーのお代わりをした。

地元新聞の一面に、江場北海道開発庁長官の「お国入り」の記事が出ていた。函館と札幌で講演会を催し、札幌では引き続いて「励ます会」のパーティが開かれるそうだ。

昨夜、函館空港で行なわれた記者会見で江場長官は「苫東《とまとう》地区に大規模空港と核融合実験施設の誘致を」と抱負を語り、さらに「北海道新幹線」についても意欲を示し、二十一世紀の北海道経済大発展の起爆剤にしたい——などと語っている。

(おやおや、相変わらずだな——)

大発展と大汚職は表裏一体の関係にあるとしか、浅見には思えなくなっていた。政治家たちは、いかにして国家予算を地元にバラ蒔《ま》くか——だけに腐心しているようにしか見えない。それは同時に、バラ蒔かれる餌に口を開けて待っている人々がいることも意味するのだ。

ただ、意外なことに、江場は「サッポロドーム」についてはひと言も触れていなかったらしい。記者団から質問がなかったのか、あるいは、いまさらニュースバリューがないので、記事にもならないということなのだろうか。

社会面には福岡での拳銃《けんじゅう》発砲事件が出ていた。会社経営者が商売仇《がたき》を怨《うら》んで撃ったのだそうだ。暴力団関係者でない人々が、簡単に銃を入手し、トラブルの解決手段として簡単に使用する時代になりつつある。

(警察は何をやっているんだ――)

浅見はまたしても兄の顔を思い浮かべながら、もどかしい思いに駆られた。銃犯罪の量刑を重くしなければ、この傾向に歯止めがかからない――と、兄に対して何度言ったことか。しかし、市井の片隅にいる浅見がどんなに歯ぎしりをしようと、為政者は誰ひとりとして、公式の場でそういう発言はしない。もっと犠牲者が出て、国民の声が高まるのを待っているのか、あるいは、へたに発言して、自分が銃の標的にされるのを恐れているのかもしれない。

レストランを出て部屋に戻ろうとしたとき、フロントに二人の男が佇《たたず》み、フロント係に何か訊《き》いているのが見えた。トレンチコートを着た、いかにも「おれは刑事だ――」というスタイルをしている。

フロント係がこっちを見て、あっ――という顔をした。刑事らしい二人がそれに気づき、フロント係の視線の先を辿《たど》る気配だ。

不吉な予感がしたので、浅見は知らん顔をしてロビーを横切り、玄関へ向かった。

「あ、ちょっと、あんた」

背後で声がしたが、気づかないふりを装って外へ出た。だが、自動ドアが閉まらないうちに、男が飛び出した。

「あんた、待ちなさい」

大声で呼び止められては、さすがに逃げるわけにはいかない。浅見は（僕のこと？——）という、とぼけた表情をつくって振り返り、立ち止まった。

「あんた、浅見さんですか？　えーと、浅見光彦さん、ですね？」

たったいまフロントで聞いて、手帳に書きつけたばかりらしい文字を確認しながら言った。

「ええ、そうですが」

「札幌西《さつぽろにし》警察署の者です」

刑事は型どおり手帳を示した。

「お出掛けのところ申し訳ないが、お訊きしたいことがあるのですがね」

「はあ、どんなことでしょう？」

「ちょっと、中に戻ってくれませんか」

刑事は腕を摑《つか》みそうな勢いだ。ロビーの隅の応接セットに相棒と二人、浅見を押し込めるような位置で坐《すわ》った。

「浅見さんは原野さんを知ってますか？」

「原野さん？……さあ、どちらの原野さんでしょう？」

「函館上木現業所の原野技術部長ですが、ご存じでしょう？」

「いいえ、ぜんぜん。会ったこともありませんが」

「じゃあ、これを見てくれませんか」

刑事はポケットから紙片を出して広げた。Ａ４判の紙の真ん中に、封筒に書いた宛名書きがコピーされている。われながらあまり上手《うま》くない浅見の文字で、西区山の手――の住所と「有賀博昭様」とある。

「これはあなたの書いた字でしょう」

「いえ、違いますが」

「しかし、宿泊カードに書いたあなたの字と、じつによく似ているのですがね」

「そうですか、しかし知りませんよ。似ているのは、単なる偶然でしょう」

浅見は答えながら、事態が予想とは違う困った展開になりつつあるのを、認めないわけにいかなかった。浅見のつもりでは、よもや有賀が、これを警察に届けるようなことはあるまいと思っていたのだ。

「えーと、浅見さんの住所は、宿泊カードに記載したものに間違いありませんね？」

刑事は質問を変えてきた。自宅に問い合わせでもされてはかなわないから、浅見は慌てて、「間違いないですよ」と免許証を取り出して見せた。

「ご職業は？」

「ルポライターです」

「ふーん……」

刑事は無表情の中に、チラッと皮肉な笑みを浮かべた。〔ユリアンヌ〕に来た刑事もそうだったが、どうも警察の人間はルポライターに対して偏見を抱いているようだ。

「何か事件でもあったのですか？」

浅見は訊いたが、刑事はそれには答えずに「ちょっと部屋を見せてもらえますか」と立ち上がった。

「はあ、それは構いませんが、出掛けるところだったのですが」

「どちらへ？」

「まあ、市内の観光ですね」

「じゃあ急がないでしょう。そう手間は取らせませんよ」

観念して部屋に案内した。部屋の中は、どう見ても、このままでは外出しそうにない、乱雑な状態である。

「ほほう、ワープロをつけっぱなしで出掛けるつもりだったのですか」

刑事は厭味《いやみ》を言った。

「ええ、電気代はホテル持ちですからね」

言われっぱなしも悔しいので、やけっぱちみたいな科白《せりふ》を吐いたが、刑事は明らかに心証を悪くしたらしい。

浅見をドアの外に出して、入れ代わりに刑事の一人が入った。もう一人は退路を絶つように、廊下に立っている。中に入った刑事はホテルの用箋《ようせん》類の入ったケースを開いて、中身を確かめている。

（まずいな——）と思ったとき、ジロリとこっちを見て、勝ち誇ったように言った。

「あなた、ホテルの封筒を使って、どこかへ手紙を出しましたか？」

「いいえ、出していません」

「そいつはおかしいですなあ、備え付けの封筒が一枚もないんですがね。フロントに訊いたところによると、お客さんがチェックインする前には、必ず一枚は入れておくのだそうですが。どうなんです？　使ったんじゃないですか？」

そうなのだ、たしかに刑事の言うとおり、ケースには封筒が一枚しか入っていなかったのだ。そのときに、なんてけちなホテルだろう——と思ったのだが、昨日の朝、ハウスキーピングのときに補充するのを忘れていたらしい。従業員教育が行き届いていないと、この手のチェックミスがしばしばある。

しかし、いずれにしても、手紙を出す時点では、まさか警察が出てくるとは予測していなかったものだから、それほど注意を払わなかった。予測していれば、宛名の筆跡だって変えて書いていた。

「僕は知りませんよ。ホテルの人が入れ忘れたのじゃないでしょうか」

こうなったら、とぼけ通すほかはない。

「じつはねえ、浅見さん。ちゃんと答えてもらわないと、あんたを恐喝容疑で取り調べなきゃならなくなるんだけどねえ」

刑事は不愉快そうに口をへの字にして、怖い顔をつくった。

「恐喝容疑？……」

浅見は呆《あき》れた。単にカラ手形のコピーを送りつけた程度で、恐喝だなんて言われては、たまったものじゃない。

「僕がいったい、誰をどう恐喝したっていうんですか？」

こっちの恐喝より刑事の恫喝《どうかつ》のほうが問題だ——と、なかば本気で腹が立って、思わずきつい口調になったが、刑事はむしろ、そうなってくれるのを期待していたようなふしがある。ニヤニヤ薄笑いを浮かべて、「まあ、いいでしょう」と言った。

「いずれ筆跡鑑定をした結果で、シロクロを決めますからね。それと、念のために指紋を採らせてもらいますよ。フロントの話だと、まだ二、三日は滞在するそうですが、予定を変更する場合は署のほうに連絡してからにしてください。そうでないと、あとあと不利が生じるかもしれませんのでね」

左右の指全部の指紋を採って、刑事が引き揚げかけたとき、また似たようなタイプの二人の男が浅見を訪れた。フロントを通さずに、直接やってきたのはただ者ではない。

その二人と刑事が廊下で鉢合わせして、たがいに「あれ？」と怪訝《けげん》そうな声を発した。どうやら顔見知りらしい。

「何かあったのですか？」

前の客が後の客に訊《き》いたが、後の客のほうも同じ質問をしている。それから四人がうち連れて、廊下の端のほうまで行って、何やらこそこそと喋《しゃべ》ってから、また全員揃って引き返してきた。

「札幌中央署の者ですが」

新しいほうの刑事の一人が手帳を示した。ほかの三人より小柄で年齢も若そうだが、階級は上らしい。

「浅見光彦さんですね？」

分かっているはずなのに、形式的に氏名、住所、職業を確認して、「昨夜はどこにいましたか？」と訊いた。

「もちろん、ここにいましたが」

「何時ごろからです？」

「時計を確かめたわけではないですが、たぶん、遅くとも八時ごろには戻ってきたと思いますよ」

「証明できますか？」

「証明？……そうですね、フロントが見ていると思いますが」

「いや、フロントは気がつかなかったと言ってます。キーを預けないで外出したんじゃないのですか？」

「ええ、小型のキーですからね。だったら、その後、下のレストランで食事をしたから、誰か憶《おぼ》えていてくれるかもしれません。少なくとも伝票はありますよ」

「それは何時ごろです？」

「九時ごろじゃないでしょうか」

「その後は？」

「その後は、三十分ぐらいレストランにいて部屋に戻りました」

「その後は？」

「部屋で仕事をして、一時過ぎごろ、風呂に入って寝ました」

「ふーん……」

刑事は面白くなさそうに、口を尖《とが》らせた。

「何かあったのですか？　昨夜？」

浅見が訊くと、上目遣いに、本当に知らないの？——という顔をして、しばらく考えてから言った。

「宮の森の徳永さん、ご存じですね？」

「え？　ええ、ご老人ですね……あの、徳永さんに何か？……」

浅見はドキリとして、顔から血の気が失《う》せるのを感じた。

「徳永さんは殺されました」

「………」

浅見は声を失った。ほとんど腰が抜けそうなショックだった。あの徳永老人が殺された——。

「昨夜、あなたは徳永さんのところへ行きましたね？」

刑事は壁のような無表情になった。浅見は涙がこみ上げてきそうだったが、その顔を見て、精神がシャキッとした。

「え、ええ、行きました。夕方六時半ごろだったと思いますが……で、死亡時刻は特定できたのですか？　死因は何ですか？　動機その他については……」

「あんたねえ、勝手に喋らんでくれませんかなあ。訊問しているのはこっちなんだからねえ」

刑事は大きな声を出した。三つ離れた部屋のドアが開いて、泊まり客が「何事か？」というように顔を覗《のぞ》かせた。

「申し訳ないが、ちょっと署まで来てもらえませんか」

刑事は客の目を気にしたように、そう言った。「申し訳ない」と言っているが、むろん強要するつもりである。

「ええ、もちろん行きますよ」

浅見もふたつ返事で応じた。むしろ、こっちから頼んででも、捜査の現場に飛び込みたい心境だった。刑事は妙な顔をしている。自分から進んで警察へ行きたがる「被疑者」は珍しいにちがいない。

浅見は覆面パトカーに乗せられ、西署の二人の刑事とは、玄関先で別れた。ただし、あの二人とも、いずれ近いうちに再会することになるだろう。

札幌中央署は慌ただしい雰囲気に包まれていた。報道関係の車や、それらしい人間もちらほら見えた。刑事課の部屋の隣りにある大会議室の入口には、前の二つの事件の分と並んで「宮の森殺人事件捜査本部」の貼り紙が出ていた。

浅見はまっすぐ取調室に連れ込まれた。刑事は石倉《いしくら》といい、もらった名刺の肩書は巡査部長だった。浅見と同じぐらいか、ひょっとすると少し若いかもしれない。

あらためて型どおりの人定尋問から始まって、徳永との関係を根掘り葉掘り訊かれた。浅見は例の「カラ手形」以外のことは、だいたいありのまま話した。隠しても、いずれは黄色い喫茶店のマスターなどに事情聴取をすれば、分かることだ。

石倉部長刑事とのやり取りを通じて、浅見にも事件のおおよその状況が把握できた。

徳永は昨夜の十一時から十二時のあいだに拳銃《けんじゅう》で頭を撃たれ、即死したらしい。隣家の者が、ほぼその時刻に自動車のパンクのような音を聞いたと言っている。犯行現場は徳永家の玄関で、徳永は玄関ホールの床に仰向けの状態で倒れていた。

「事件が発覚したのはいつなのですか？」

その点が浅見にはもっとも不可解なところであった。事件発生から最大、わずか半日に満たないスピードで、警察がなぜ浅見の存在を摑《つか》み、桑園シティホテルを特定できたのかが不思議だった。

「けさの八時ごろですよ」

石倉は、楽しそうに言った。浅見の驚く顔を見るのが小気味いいにちがいない。しかし、いまいましいが浅見は驚いた。

「えっ、じゃあ、刑事さんが僕のところに来る、ほんの二、三時間前ですか」

徳永のところには名刺があっただろうし、それ以外にも、連絡先が桑園シティホテルであることなど、徳永がメモに残してあったのかもしれない——と思ったが、それにしても早いことに変わりはない。警察の捜査技術を見直す必要がありそうだ。

「発見時の状況はどうだったのですか？　そうそう、第一発見者は誰ですか？」

「ははは、そんなことはあんたに言う必要がありませんな」

石倉は笑った。

「動機は何だったのでしょう？　物盗《ものと》り目的ですか。それとも怨恨《えんこん》？……」

「いまのところ、物色されたような形跡は見当たらないようですな」

「じゃあ、怨恨ですか。しかし、玄関を入ったところでいきなり殺害したとなると、最初から殺す目的だったと考えられますね」

徳永の日頃の言動や物の考え方からいって、あの老人に憎しみや殺意を抱きそうな人間がいたとしても不思議はなさそうだ。あの情報通のことだから、例のカラ手形のような、不正を暴く証拠を握られている者によって抹殺された可能性は充分考えられた。

浅見はあらためて徳永の死を実感し、その重い意味を痛感した。あの老人がもうこの世のものでないことを、にわかには受け入れたくない気持ちだった。

「それにしても、いったい何者が、なぜ徳永さんのような人を……」

溜息《ためいき》まじりの愚痴が出た。

「まったくですなあ」

石倉部長刑事は、笑いながら言った。

「なにも、殺さなくたって、もうじき死にそうな歳だったのにねえ」

「そういう言い方は不遜《ふそん》じゃないですか」

浅見はいきり立って嚙《か》みついた。

「ん？　いや、そういう意味で言ったわけじゃないですよ。どこのどいつにしても、どういう目的があったのか、気が知れないと言いたかったのです」

石倉は「被疑者」に詰《なじ》られて、面白くなさそうに天井を向いた。この野郎、あとでギュウギュウ言わせてやるぞ——という顔だ。

5

その石倉の顔を見ているうちに、浅見はふと思いついて、呟《つぶや》きを漏らした。

「あ、あれかな……」

「ん？　何です？」

石倉は耳聡《みみざと》く反応した。

「ちょっと調べてみていただきたいことがあるのですが」

「ほう、どんなことです？」

「昨日の夕刻、僕が徳永家を訪れたとき、ほんのひと足違いに帰った先客がいたのです。三人連れの男で、黒塗りの乗用車で立ち去りましたが、その後、僕がホテルに帰ってくるのを尾行していたのではないかと思えるふしがあるのです。念のために車のナンバーを控えておきました」

浅見はメモを見て、石倉にナンバーを伝えた。

「ふーん、そうすると、その車が怪しいというわけですか……」

どういうわけか、石倉はニヤニヤ笑ってばかりいて、真剣に取り上げようとしない。さっき叱られた腹いせだろうか。浅見はまた腹が立ってきた。

「刑事さん、真面目に聞いてくれませんか。僕の言っていることは事実なんだから」

「ははは、そのくらいのことは警察だって分かってるもんでね」

「は？　分かってるって、何をですか？」

「だから、あんたのいま言ったこと——徳永さんのところを訪問した黒い車の主が誰かということですよ」

「えっ、それを突き止めたのですか？」

「突き止めたっていうわけじゃないが、まあ、いずれあんたにも分かることだから教えてあげますよ。そもそも、事件を発見して、いち早くあんたのことを通報してくれたのが、その人たちなんだから」

「えっ……」

浅見はあぜんとした。

（そうか、そういうことだったのか――）

それで謎が解けた。こんなにも早く、警察が浅見の存在を摑んだ理由が、である。

「しかし、僕が行ったとき、徳永さんはひどく疲れた様子で、その連中と何かトラブルがあったように見えましたよ」

浅見は反論した。

「僕が帰ったあとで、彼らがもういちど徳永さんのところに押しかけ、そこで犯行に及んだとも考えられます。その連中の調べはすんだのですか？」

「調べ？　調べる必要はないでしょう」

「なぜですか？　いったい彼らは何者なのですか？」

「息子さんですよ、息子さん」

「息子、さん？……えっ、徳永さんの息子さんなのですか？」

「そう」

石倉は勝ち誇ったように言った。

「そう、ですか……しかし、いくら息子さんだって、犯人でないという証明にはならないでしょう。親殺しなんて、いまどき珍しくもないのですから」

「ふん、それはそうかもしれないが、あんたよりははるかに信用できる。社会的地位からいっても、ですな」

「そりゃ、僕みたいな三文ルポライター風情《ふぜい》から見れば、たいていの人は偉いかもしれませんよ。しかし、息子さんは何をしている人なんですか？」

「ふーん、それじゃ、あんた、知らないのかね。徳永さんのところには何度も行っているのじゃなかったのかね」

「何度もというほどではありませんが、五、六回はお目にかかっていますよ。しかし、あのご老人は身内のことやプライベートな愚痴めいたことは、いっさい喋《しゃべ》らない主義の人でした。とくに息子さんのことは嫌っていたのか、息子さんに関する話はぜんぜんと言っていいくらい、聞いていません」

「ほんとかなあ。あんた、ほんとに徳永さんと親しかったんですか？」

「親しくしていただいたことは事実ですよ。そんなことは喫茶店のマスターに訊《き》くなりして、確かめればいいでしょう。それより、その息子さんというのは、いったいどういう人なのですか？　まさか暴力団関係者ではないでしょうね」

「ははは、暴力団関係はよかったな……じゃあ、教えますがね、その人は北海道開発庁の徳永事務次官殿ですよ」

「北海道開発庁……」

「そういうこと」

驚きと同時に、浅見はこれまで徳永に抱いていた多くの謎が解けたような気がした。なぜ、あの世捨て人同然の老人が、最新の企業情報――それも秘密に属すような事柄を知りえたのか。そして、自分の息子のことをなぜ語りたがらなかったのか……。しかし、高級官僚ともあろう者が、たとえ親であっても、職務上知りえた秘密を漏らすものかどうか、疑問は残る。

「だいぶびっくりしたみたいだね」

石倉は、動揺している浅見を愉快そうに眺めた。

「ええ、びっくりしました」

浅見は素直に肯定した。しかし驚いてばかりはいられない。いまや浅見は徳永老人殺害の被疑者扱いを受けようとしているのだ。

いや、殺害はともかく、徳永が殺された事件に、浅見がどこかで関わっている可能性があるのかもしれなかった。例のカラ手形を送りつけたことが、「敵」の殺意の引き金になったとも考えられる。

それと、浅見は白井の存在も気になった。白井がしきりに「危険」を強調し、予告するようなことを言っていた、ひとつの結果が、ああいう事実となって現われたのかもしれなかった。

「ところで浅見さん、あんた、西署のほうでは恐喝容疑で調べられているそうですな」

石倉は一転して不快感をあらわにして言った。

「いったいあんた、何をやらかしたんですか？　札幌に一週間も滞在しておるようだが、目的は恐喝と殺人ですか」

「ばかばかしい」

「ばかばかしいとは何です。あんた、警察を甘く見たら困るよ」

「甘く見てはいませんが、そういう事実はないと言っているのです。そんなことより、僕なんかに構ってないで、初動捜査のほうをしっかりやらないと、事件の解決は難しくなりますよ。相手はおそらく、組織的な犯罪集団なんですから」

「犯罪集団？　何です、それは？　ヤクザのことを言っているのかな」

「暴力団もですが、もっと違う組織かもしれません。たとえば、北大植物園やひかり公園の事件と関係するような」

「なに？……」

「どちらも札幌中央署の管轄でしょう。わずか十日ばかりのあいだに、札幌市の中央で、連続して三つの凶悪事件が発生したとあっては、警察は何をやっているんだ――なんて言われかねませんよ」

「あんたねえ……」

石倉はいきりたって何か言いかけたが、この生意気な被疑者をやり込めるだけの、適当な文句が思い浮かばなかったらしい。口をモゴモゴさせただけで、ついに沈黙した。

「それじゃ、僕はこれで帰ります」

浅見は立ち上がった。

「帰るって、冗談じゃない、まだ事情聴取が済んでないですよ」

石倉はドアの前に仁王立ちになった。浅見よりかなり小柄だが、柔道で鍛えたらしい、胸の厚い体軀《たいく》は迫力があった。

「そうですか、まだ訊くことがあるのなら言ってください。しかし、もうこれ以上は何も話すことはないと思いますが」

「いや、訊きたいことはまだある。それに、いまあんたの身元の照会をやっているところだから、確認が取れるまではいてもらわないと困るのです」

「えっ、身元って……そんなことをされちゃ、家族が心配するじゃないですか。僕がお話ししたことはすべて事実なんだし、それに、まだ札幌に滞在中なんですから、必要があるならいつでも出頭しますよ。自宅のほうに連絡するのはやめてくれませんか」

浅見が狼狽《ろうばい》ぎみに喋るのを、石倉は興味深そうに眺めた。

「へえー、やけに気にしますなあ。問い合わせされるのが、そんなに具合の悪いことですかねえ」

「きまってるじゃないですか。それじゃあ訊きますが、石倉さんは奥さんはいらっしゃらないのですか?」

「ん? 家内はいますよ。娘も二人いるが、それが何か?」

「お宅の奥さんだって、ご主人の出張先の警察から、突然、問い合わせの電話がかかったりしたら、かなりのショックでしょう。警察からの連絡なんて、事故か事件か、とにかくろくな用件であるはずがない。ただでさえ、僕の母親は心臓が弱い体質ですからね、それが原因でショック死するかもしれません。もしそんなことになったら、警察を脅迫と殺人で訴えますよ」

浅見はジョークのつもりで言ったのだが、刑事に洒落《しやれ》は通じない。

「ははは、そんなことで警察を訴えたってむだですな。警察のやることは公務の執行にすぎない。あんたこそ、公務を妨げるような真似はしないほうが賢明ですよ。とにかく、警察に逆らって得なことはないんだから」

石倉部長刑事は警察を背負《しよ》って立つような顔で、ドアの前を動かなかった。

そのドアが開いて、部下の刑事が石倉を呼び出した。廊下には制服の警部補がいて、石倉に何か囁《ささや》いた。石倉は不満そうに唇をとがらせて戻ってきた。

「まだいろいろ訊きたいことがあるが、今日のところは帰って結構です。ただし、これで疑いが晴れたと思ってもらっては困りますよ。したがって、ホテルを出たり、東京へ帰ったりする場合は、事前に連絡してください。さっきの名刺のところに電話すれば、自分か、代わりの者がおりますのでね。よろしいですな」

石倉に送り出されて取調室を出ると、外に待機していた警部補が「こちらにどうぞ」と先導してくれた。

途中、廊下の向こうから井口がやって来るのが見えた。井口も「あれ?」とこっちに気づいて、声をかけそうになった。浅見は慌てて、小さく頭を振り、「何も言うな」と目配せした。井口は怪訝《けげん》そうな顔をしながら、それでも浅見の意図を察知して、そのまま通り過ぎてくれた。

先導する警部補は浅見をエレベーターに乗せ四階に上がった。「使用中」の札がかかった応接室のドアを開け、「どうぞ入ってください」と脇へよけた。

第九章　過信の錯覚

1

部屋の中には三人の男がいた。一人は警視正の制服を着ているから、おそらく中央署署長だろう。もう一人の私服はその部下と見られる。その二人と向かい合う位置にあるソファに、五十代なかばか、ひょっとすると六十歳を超えている年配の、縁の細い眼鏡をかけた恰幅《かっぷく》のいい紳士が、ゆったり坐《すわ》っている。明らかに、昨日の夕方、徳永家の前で車に乗り込んだ紳士だ。

浅見が入っていくと、三人はいっせいにこっちに視線を集め、それからまず署長の部下が立ち上がり、ついで署長、そしておもむろに紳士が立った。迎えの警部補はドアのところで挙手の礼をして去っていった。

「浅見さんですね、こちらは北海道開発庁の徳永次官でいらっしゃる」

警視正がまず客の紳士を紹介した。当然、浅見が驚くことを期待していたのだろうけれど、浅見はすでに心の準備が完了していたから、驚きもせず、卑屈にもならず、

ような言動が多くなって、終戦間際には早期戦争終結をおおっぴらに発言したために、警察に連行されたりしましてね。ついには会社はもちろん、社会から身を引く羽目になったというわけです」

いったん言葉を止めたが、徳永は話をつづけた。

「終戦後の混乱が収まってからは、父のところに復帰を求める人がずいぶん訪れました。民間人でも戦争犯罪に問われ、公職を追放された人が多かった時代ですから、有能な人は会社ばかりでなく国が求めていたのでしょう。私はまだ中学生ぐらいだったが、まるで徳永家の書生のように、お客の案内役と接待係を務めていましたよ。その中で、際立って鮮明に憶《おぼ》えているのが、大蔵省から見えたあなたのお父さんでした。ほかの人にはけんもほろろだった父が、そのときだけは心を動かされたようでした。しかし、結局は再起することはなかった。あの強情さには、私ですら呆《あき》れました。母親が父に愛想をつかしたのも当然かもしれませんなあ」

またしばらく話を中断したが、浅見は黙っていた。これからが徳永の述懐の本論になると思った。

「浅見さんは、父からどのような話を聞かれましたか？」

徳永は訊《き》いた。

「そうですね、いろいろ貴重なお話を聞かせていただきましたが……とくに強調されていたのは、北海道開発庁のあり方に対する憤懣《ふんまん》に近い批判でした。中央が北海道と道民を収奪するのは許せない——といった」

「なるほど……」

徳永は頷いた。

「それが父の硬直した持論——というか、あるいは父にとっての正論だったのかもしれません。その部分で、父と私とはついに相容《あいい》れるところがなかったのですが……」

「お父様が言われていた、収奪というのは、事実なのでしょうか？」

浅見は訊いた。

「それは考え方によるでしょう。父にはその考えが強かったということですね。さっきも言ったことですが、父は外地生活が長く、台湾や朝鮮で日本の植民地政策を実体験していました。それと、北海道の二重構造的な行政のあり方をダブらせていたのです。つまり、具体的にいえば、北海道開発庁などというものは、いわば台湾や朝鮮における総督府のようなものである——とね。総督府は、欧米が植民地に設置したシステムを日本が真似たものですが、開発途上国で指導的役割を果たす機関でした。分かりやすくいえば、傀儡《かいらい》政権を監督補佐する存在ですよ。それが父には気に入らなかった。北海道庁は傀儡政権か——というわけです。北海道に限ったことでなく、地方の時代だとか、地方自治の尊重だなどと言いながら、自治省という管理統括の親会社みたいなものがあるのですから、まあ、たしかにおかしなものですがね……いや、これはここだけの話ですよ」

徳永次官は苦笑したが、すぐに頬を引き締めて言った。

「戦後、満州や樺太など、外地からの引揚者や東京や大阪で家を焼かれた人々、それに農家の次、三男など、働く場所を求める人が、まるで難民のように北海道に移り住んできました。それは、かつて徳川幕府崩壊のときに、徳川方について官軍に歯向かった会津《あいづ》や松前《まつまえ》など諸藩の武士や農民が、強制的に蝦夷《えぞ》の地に送り込まれたのと似ています。炭鉱に、漁業に、製材業、製紙業、荒れ地の開墾等々、新しい道民を、北海道の広大な大地は鷹揚《おうよう》に受け入れ、そして急速に変貌《へんぼう》しました。旧来の住民にとっては、食糧難の時代に人口が急増するのは迷惑な話だったでしょうが、父はそういう状況の激変については、きわめて好意的な見方をしていました。北海道の新時代が始まるとか、北の曙《あけぼの》だとか言いましてね」

「それは僕にも分かるような気がします」

浅見は言った。

「お父様は僕に『創生のころは美しい』とおっしゃっていました。再建に向けて遮二無二、なりふり構わず突き進んでいたころの北海道の人たちには、なにはともあれ、ひたむきさがあったにちがいありません」

「ああ、そんなことを言ってましたか。いや、それは父の言ったとおりでしょう。私もそう思います。札幌に冬季オリンピックを招き、宮の森シャンツェに掲げた三本の日の丸を仰ぎ見たころまで、北海道民には邪念はなかった……いや、邪念を抱く余裕すらなかったというべきかもしれませんがね。しかし、その北海道がいつからか、どこかおかしくなった。日本じゅうがおかしくなったのより顕著に、北海道は変調をきたしたのです。少なくとも父はそう感じたのでしょう」

「それが悲しかったのでしょうね」

浅見はしみじみとした口調で言った。

「僕などは、時代の変化に多少の疑問や戸惑いを感じながらも、とにかくそれに順応する道を選ぶしかないと思うのですが、徳永さんにはそういう小器用さがないというか、筋を逸した矛盾やご都合主義や欺瞞《ぎまん》は許せない体質を備えた方だったにちがいありません。その象徴的な存在として北海道開発庁があったのではないでしょうか。開発庁が、初期の高邁《こうまい》な理念を逸脱して、まるで利権と収奪の道具のように機能しているのが、やりきれなかったのだと思います」

「それがまさに、私のもっともつらいところでした」

徳永次官は片頬を歪《ゆが》めた。

「父の考えが百パーセント正しいとは、もちろん思いませんが、かなりの部分で、その正当性を認めざるをえないものが多かったことは事実です。たとえば、道路の建設や河川改修などの事業ひとつについても、昔の人は防風林を残したり、岸辺の木をなんとか活用する方法を講じたものだそうです。ところが、高度成長で突っ走っている当時は、そんなことには委細構わず、真っ直ぐな道を走らせ、コンクリート三面張りの運河を通す。すべて効率重視だけの施策で進んできたのです。北海道では、サケは河口から一キロくらいのところに堰《せき》を設けて、そこで成熟するのを待って捕獲するのですが、上流を改修して直線にしたために、そこに砂が溜《た》まるようになり、今度は年じゅう、浚渫《しゅんせつ》をやらなければならなくなった。効率万能主義が逆に非効率を生み出し、新たな公害の源になっているのです。それに類することを父は無数に指摘していました。ゴルフ亡国論などというものもあった。日本じゅうがまるで物に取り憑《つ》かれたようにゴルフ場づくりに狂奔したことが、日本の山林や農業を目茶目茶にしたというのです。また、日本は土地が少ないから、農産物では外国に勝てないというが、ゴルフ場に供用している広大な肥沃《ひよく》な大地があるではないかとも言ってました。私もゴルフをやるので、耳の痛い話でしたがね」

徳永は懐かしそうに笑った。

「しかし、基本的に正論であっても、政治は正論だけをかざしていては何もできません。行政というのは、突きつめていえば許認可と補助金です。民間は活力を持ってたえず動いていますから、行政もそれに対応しなければならない。許認可も補助金も必要と認めれば出さなければならないのです。本質論やきれいごとだけでは、社会が停まってしまう。そのせめぎ合いの渦中にいるわれわれと、父のような隠遁《いんとん》生活の中から冷ややかにそれを傍観している人間とでは、接点を求めるほうが無理というものです。ただ、単なる傍観者でいたり、遠吠《とおぼ》えのような社会批判をしたり、私を相手に憤懣や議論をぶつけてくれているあいだは、まだしも実害にはいたらなかった。私もかなり真剣に父の話を聞いたし、ある面では施策に反映させたこともありますよ。ところが、ここ数日ばかり、父の言動に変調が表われはじめましてね、何か焦っているように過激なことを始めたらしいのです」

「それは、もしかすると、僕との出会いがきっかけになったのではないでしょうか。僕のような西も東も分からないような若造に、まるでご自分の夢を託すようなことをおっしゃってましたからね」

「なるほど……そうかもしれませんが、しかし私はむしろ、父の最後の挑戦だったのではないかと思いたいですね。雌伏というにはあまりにも長すぎた、丸々半生の鬱憤《うっぷん》を、最期の瞬間を前に、吐き出したかったのではないでしょうか。もしあなたとの出会いが刺激になったり、きっかけだったりしても、それはあなたには何の責任もないことです」

「挑戦というと、徳永さんは何をなさろうとしていたのですか？」

「あなたは、父からサッポロドームのことをお聞きになったでしょう」

「ええ、聞きました。江場北海道開発庁長官の不正についても、かなりはげしく指弾なさっておられました」

「ははは、まさに私のボスが槍玉《やりだま》に挙がっているのですから、私の立場はひどく微妙なものになった。いわば腹背から銃弾を浴びているようなものです」

言ってからすぐに気づいて、徳永次官は鼻白んだような顔になった。

「もっとも、本物の銃弾のほうは、父が受けることになったわけですがね」

まったく笑えない、悲しいジョークであった。

「すると、徳永さんを撃ったのは、やはりサッポロドーム推進派――つまり、江場長官の息のかかった人間ですか」

「しっ……」

徳永次官は慌てて、唇に指を当てた。それからぐっと前に身を乗り出し、声を極力抑えて、言った。

「この事件の背景に関して、もっとも詳しいのは、犯人を別にすれば、浅見さん、あなたと私ということになります。しかし、私は軽々に物を言える立場にはない。その点、あなたはその気になりさえすれば、自由に発言できます」

「もちろんです。僕は事件の背景の全体像がおぼろげながら把握できています。データや資料もお借りしていますし、個人名を含め、徳永さんを抹殺したい動機を持つ連中の存在も、ある程度は分かります。いまは一刻も早く事件の真相を暴いて、徳永さんの弔い合戦をしたい気持ちでいっぱいです」

「それが心配なのです」

徳永次官は沈痛な面持ちで、ソファに深々と凭《もた》れかかり、腕組みをした。

「浅見さんにしろ私にしろ、父が殺されたのは、サッポロドーム絡みの不正に関わる者たちの犯行と考えているが、はたして、本当にそうだと言いきれるかどうか……経済事犯や汚職に関わる者たちは、政治家をはじめとして、どちらかというと事務系の人間が主体です。私もその一員だが、この人たちは、かりに自分が窮地に陥ったときに、都合の悪い相手を殺害しようという考えには向かいにくい体質です。むしろ、自殺志向が強いといっていいかもしれません」

「それはおっしゃるとおりですね」

浅見は頷《うなず》いた。

「張本人が自殺することは少ないにしても、事件の鍵《かぎ》を握るような重要な人物を自殺に追い込み、あるいは自殺を装って殺すといった方法は、これまでにも無数といっていいくらいの例があります」

「そう、今回の父の事件のように、いきなり敵対する相手の家を訪れて拳銃《けんじゅう》で射殺するといった、欧米型の荒っぽいやりくちを発想する素地は、少なくとも事務系の人間にはほとんどないでしょう。それに、サッポロドーム問題は、まだそこまで煮詰まってない。この段階で父を殺さなければならない必然性はないはずですよ」

そのことは浅見も感じていた。だから、そういう過激なやり方もまた「北海道方式」なのだろうか——と思ったりもしたのだ。

「とすると、殺害の動機は、サッポロドームやそれに類する、いわゆる汚職などとは別のところにあるとおっしゃるのですか」

「そう思います。いや、これはべつに江場長官を庇《かば》うとか、開発庁に火の粉がかかるのを回避するとか、そのための弁解ではありません。私だって父の子ですからね、父の無念を晴らしたい思いは強い。しかし、そういう感情を抜きに冷静に考えると、今回の犯行はあまりにも過激です。父が彼らに対して何をやったにしろ、行動を起こしたのはここ数日のことであると考えると、犯人側の反応があまりにも早すぎます。これはどうも、サッポロドームの不正問題などとは異なる次元で起きたのではないかと……」

「異なる次元——といいますと、徳永さんは何をなさったのでしょう？」

「それはまだ分かりません。分かりませんが、たとえば暴力団を直接刺激したとか、ですね。短絡的で過敏で過激な反応の仕方は、まさに暴力団のやりくちですよ。少なくとも、事務屋ならもう少し慎重を期すでしょう。もっとも、それでいつも、タイミングを失することになるのですがね」

徳永次官はエリートの事務屋であることを自嘲《じちよう》するように、声もなく笑った。

2

ドアがノックされ、男が顔を覗《のぞ》かせて「次官、そろそろ記者会見のお時間ですが」と言った。ひと目で、昨日、徳永次官に従っていたSPらしき人物と分かった。実際は秘書かもしれない。後ろには、直立不動の久元署長も従《つ》いている。

スケジュールのことよりも、あまり長いので様子を窺《うかが》いに来たのかもしれない。

「あ、もうそんな時刻か」

徳永次官は時計を見て立ち上がった。時刻は十二時になろうとしていた。

「昼前に、事件に関する記者会見をやることになっていましてね。もう少しお話をお聞きしたかったのだが……」

「いずれまた、お目にかかる機会があると思いますが」

浅見は言った。

「そうしたいが、いつになりますか……長官にはきょう、函館と明日、札幌での講演があるので、私のほうは、一刻も早く東京に戻らないといけないし、父の葬儀の手配もしなければならないし……署長さん、父の遺体が自宅に戻されるのは、いつごろになりましょうか？」

廊下の署長に訊《き》いた。

「はい、司法解剖が済み次第、迅速にお戻ししますので、今夕までには」

「そうですか。よろしくお願いします」

煩瑣《はんさ》な公務に、突発的な父親の死――それも殺人事件という厄介な出来事が重なって、徳永の心理状態はてんやわんやだろう。しかし、表面的にはきわめて平静を保っているようにしか見えない。能吏とは、かくも冷酷なものなのか――と思いたくもなる。

記者会見は隣接する道警本部の会議室で行なわれるとかで、浅見を一人残して、徳永次官を囲む人びとが去っていった。

浅見はしばらく間を置いてから、廊下に出た。このまま帰っていいのかどうか気になったが、またあの石倉に摑《つか》まるのも嬉《うれ》しいことではない。

玄関を出て、道警本部とは反対側の交差点を渡り、大通公園まで、急ぎ足で歩いた。

「浅見さん」

声をかけられて、ドキッとして振り向くと、井口部長刑事が小走りにやって来た。

「さっきはどうしたんです？　何かあったのですか？」

「ええ、殺人容疑でパクられました」

肩を並べて歩きながら、浅見は笑って答えた。井口も「ははは」と笑ったが、ふいに不安を感じたらしい。

「殺人容疑って……まさか浅見さん、けさの徳永さんの事件のことを言ってるのじゃないでしょうね」

「いえ、まさにその事件ですよ」

「えっ、そうなんですか……そうか、じゃあ、あのとき、宮の森で浅見さんが訪ねたのは、徳永家だったのですか」

井口は立ち止まり、口を丸く開けてあぜんとした顔をしている。

「行きましょうよ、ひとが見てます」

浅見に促されて、ふたたび歩きだしたが、井口のショックが癒《いや》されていないのは、険しい表情からも窺える。

もしかすると殺人犯かもしれない男と、一メートルも離れていない距離で一緒に歩いていては、警察官たるもの、心穏やかでないだろう。それよりも、あの「カラ手形」の仕入れ先が徳永であったことを、どう受け止めればいいのか、頭をフル回転させているのかもしれない。

二人は黙りこくって足早に歩き、大通公園に面したビルの二階にある喫茶店に入った。窓際のテーブルについてから気がついたのだが、ここからだと、大通りを挟んだ向かい側に北発銀行本店のビルが見えるのだった。きょうは日曜日だが、あの「カラ手形」を送りつけた有賀副頭取の執務室は、あの建物のどこかの窓の向こうにある。

ズームを引くように視野を広げると、そこは札幌のビジネス街である。北発銀行のすぐ近くには札幌市役所。商工会議所も新聞社も放送局も、ほとんどひと塊りに集まっている。もちろん北海道庁も道議会も道警察本部も軒を接している。北海道の政治、経済、マスコミの中枢がほとんどすべて、この一角に集中しているといっていい。

北海道五百七十万の人口のうち百七十万人以上が札幌に集中しているのだそうだ。現在も地方の過疎化が進み、一極集中の傾向は止まらないらしい。「地方分権」を言いながら、その中心的役割を果たすべき地方の中核都市に、集中現象が進行しているのは皮肉なものである。

それにしても、ここまで徹底してあらゆるビジネス中枢が集まっている大都市は、東京はもちろん、ほかの政令指定都市でも珍しいのではないだろうか。

まるでビジネスセンターのように肩を寄せ合うビル群を眺めていると、そこは札幌・北海道のエネルギーの根源であるのと同時に、利権や汚職の温床であることを思わないわけにはいかなかった。それらは、北海道・札幌という枠で括《くく》られた一蓮托生《いちれんたくしょう》の運命共同体なのかもしれない。そう考えると、有賀副頭取が隣り組の道警察本部に「カラ手形」を届けたのも、当たり前のように思えてくる。

「浅見さん、まさかほんとに殺《や》っちゃいないでしょうな」

突然、井口が怖い声で言った。

「ははは、なんてことを言うんですか。決まっているじゃありませんか。そうでなければ、警察が僕をこんなにあっさり解放してくれるはずがないでしょう」

「ん？　ああ、それはそうだけど……」

コーヒーにむやみに砂糖をぶち込み、飛沫《しぶき》がカップの外に散るほど掻《か》き回して、井口はそれでもまだ、憤懣《ふんまん》が収まらない顔だ。

「しかし、だったらいったい、徳永さんのところで、何があったんです？　例のカラ手形と今度の事件と関係があるんじゃないのですかね？　いや、それよりいったい、その徳永さんという被害者のじいさんは、何者なんですか？　自分は二係のデカだから、この殺しには関わっていないはずだが、急遽《きゅうきょ》、呼び出しがかかりましてね、午後の捜査会議に出席しろっていうんですよ。どういうわけなのか分からなかったのだが、あのカラ手形みたいなものが徳永さんのところから出ているとすると、そっちの関連かもしれませんな。いや、その可能性が強い。浅見さん、あんた、ほんとに大丈夫なんですか？　もし何かあると、自分も無関係とはいえなくなりますからね、これはえらいことですよ」

抑えて喋《しゃべ》っているつもりだが、だんだん声が大きくなって、近くのカップルがびっくりした目をこっちに向けた。

「大丈夫ですよ」

浅見は井口と対照的に、落ち着いた声でゆっくり諭すように言った。

「徳永さんは、じつは僕も知らなかったのですが、北海道開発庁の徳永次官のお父さんだったのです」

「えーっ、開発庁の次官さんの？……」

「そうです。さっき徳永次官が中央署に見えて、僕と話し合いをしました。お宅の署長さんも刑事課長さんも、僕が事件に関係のない人間であることは認めてくれたみたいですから、安心していいのです」

「うーん……そうですかァ……」

井口は気が抜けたように、目が点になり、大きく溜息《ためいき》をついた。手にしたコーヒーカップが傾くのに気がつかないほど、虚脱状態に陥っていた。コーヒーが腿《もも》の上にこぼれて、ズボンを突き抜けて「あちち」とわれに返った。

「自分はそんなこと、ぜんぜん知りませんでしたよ。地元の人間のくせに、勉強不足だねえ……しかし、そんな確かな人が証明してくれるんじゃ、間違いないですなあ」
「いや、だからといって、厳密にいえば、それで僕の潔白が完全に証明されたという
わけじゃありません」
そう予防線を張ったが、井口の衝撃度を見ると、「じつは、西警察署の刑事が『恐
喝容疑』でやって来たのです」などとは、とても言えそうにない。
「なに、大丈夫ですよ。われわれの世界は、証人の身元が確かであることが、最も重
要な目安になるのですからな。北海道開発庁の次官さんの証言ならバッチリです。こ
れがもし、ルポライターなんかの証言だと、かえって怪しまれて、とことん締め上げ
られることになりかねませんけどね。ははは……」
井口はがぜん機嫌がよくなった。
「ははは、ひどいことを言うなあ……」
井口に合わせて浅見も笑ったが、井口の言葉には引っ掛かるものを感じないわけに
はいかなかった。
（それでは、警察が、被疑者や参考人や証言者をその地位や職業によって、差別をし
ていることになるではないか――）
むろん、井口はジョークのつもりで言ったのだろうけれど、それは同時に正直な気
持ちから出たものであるともいえる。いや、警察に限ったことではない。われわれの

日常生活のあらゆる場面で、人びとは意識的に、あるいは無意識のうちに、相手の社会的地位を基準にして、その人物の言動の価値を評価してしまいがちだ。

（そうか、あれもそうだな——）

浅見の頭に、ふいに、思いがけない連想が走った。

「井口さん……」

冥府《めいふ》から舞い戻ったような、フワッとした声で呼んだ。井口は「は？」と、心配そうな目を浅見に向けた。気分でも悪くなったのでは——と思ったらしい。

「先日、十二年前の白石区の事件の話を聞かせていただきましたね」

「ああ、ヤクザか何かの流れ弾で、女性が死んだ事件ね」

「その事件を目撃した人のことですが、井口さんの話を聞いたときは、なにげなく聞き流してしまったのですが、井口さんはたしか、かなり信頼度の高い証言者——というふうに言いませんでしたか？」

「ああ、そう言ったと思いますが、それがどうかしましたか？」

「その信頼度の高い人物というのは、誰だったのですか？」

「国会議員さんですよ。江場衆議院議員。いまの北海道開発庁長官です。もっとも、そのころはまだ陣笠《じんがさ》代議士で、それほどの大物ではなかったですがね」

井口の言葉がつづいているあいだ、ずっと、浅見は呼吸を停めていた。うわべは平静さを装ったが、胸の中で「あっ」と叫んだ。

「どういう状況で目撃したのか、分かりませんか？」

「たまたま通りかかったのだそうですよ。白石駅付近の再開発計画について、実情視察をしている途中で、車から降りようとした矢先だったということです。まかり間違えば、代議士先生が被害に遭った可能性もあったわけですなあ」

「ほかに、現場を目撃した人はいなかったのでしょうか？」

「いなかったようです。あの辺は夜間は人通りが極端に少なくなりますからね」

「夜間？　夜だったのですか」

「そう、午後八時ごろだったかな。札幌もススキノ周辺を別にすれば、東京あたりと違って、午後八時といえば完全な夜ですからね。ほかに目撃者がいなかったとしても、べつに不思議はありませんよ」

「いえ、そうではなく、夜間、視察をするものかと思って……」

「は？　ああ、なるほど……しかし、代議士先生だって、夜間の視察ぐらいはするんじゃないですかなあ」

「しかし、再開発計画の視察を夜やるのは、不自然な気がしませんか？」

「はあ……そんなこと、考えもしませんでしたがねえ」

井口はチラッと時計を見た。

「あ、こんな時間か。浅見さん、メシ食いませんか。捜査会議に遅れるとうるさい。カレーでいいですね？」

勝手に決めて、カレーを注文した。

「もしも、そのときの目撃者が僕だったとしたら」

浅見はしつこく言った。

「警察はもっと、根掘り葉掘り、訊問《じんもん》したのでしょうね」

「ん？　ああ、まあそうでしょうなあ。ことによると、署に呼んで、事情聴取を行なっていたかもしれない」

カレーが運ばれてきて、井口は大急ぎでかっこんだ。浅見も空腹でないわけはないのだが、なんだか食欲は失《う》せていた。

井口は慌ただしく食事を終えて、先に店を出た。浅見が「勘定は僕が払います」と言ったのに、「いや、割り勘、割り勘」と律儀なことを言って、きちんと自分の分を置いていった。

浅見は井口がせかせかした歩き方で大通公園を渡っていくのを見送ってから、店の片隅にある電話に向かった。

立花穏代はまだ自宅にいた。

「これから美容院へ行こうとしていたところです」

挨拶《あいさつ》の後で、少し迷惑そうに言った。

「ちょっとお願いしたいのですが、白井さんに連絡取れませんか？」

浅見は言った。

「白井さんでしたら、大同プロモーションにお電話なさればよろしいのに」

「もう東京へ帰ったのですか？」

「さあ、どうかしら。存じませんけど」

「大至急会いたいのです。なんとか手配してくれませんか」

「そうおっしゃられても、連絡のしようがありませんわ」

どこまでも冷たい言い方だ。

「そんなことはないでしょう。あなたには連絡してくるはずです」

「それは、いつかはご連絡がいただけると思いますけど」

「そうでなく、緊急に会いたいのです。これは、白井さんにとって重要なことですよ。十二年前の事件のことについて、お知らせしたいと言ってくれれば分かります」

「十二年前の事件……」

「詳しいことは言えませんが、白井さんが深く関わっている事件です。もしかすると、白井さんの人生を変えてしまったかもしれないほどの事件で……」

「知ってます」

低いが、反発するような意志の込められた口調だった。

「えっ？　知っているって……」

「白井さんの二度目の奥様が亡くなられた事件のことでしょう。お聞きしました」

「いや、このあいだの話では、あなたはたしか、事故で亡くなったと聞いているんじゃありませんか？」

「いいえ、あれは事故ではなく事件だったって……銃弾を受けて、それが原因で亡くなったとお聞きしました」

「そうですか、聞いたんですか……だったら話が早い。その事件の真相について、たぶん白井さんがまだ知らない事実があるんです。そのことをお話ししたいと伝えてくれませんか。とても重要なことだとも。僕はあと二、三日は札幌にいますが、そういつまでも滞在できません。なるべく早く、それも札幌で会いたいのです」

「あの、今晩、お店にいらしていただけませんか？　もしかしたら、白井さんもいらっしゃるかもしれませんし」

「いいですよ。じゃあ、なるべく早めに行きましょう。白井さんから連絡があったら、そう伝えてください。とにかく一刻も早いほうがいいのです。じゃあ……」

電話を切りかけるのに、追いすがるように、穏代は「あの」と言った。

「は？」

「あの、すみません」

言って、そっと電話が切れた。受話器の中の無機質な音に、穏代のいろいろな想いが、余韻のように込められているのを感じた。

3

ビルに入り、エレベーターを四階で降りるまで、浅見は〔ユリアンヌ〕が日曜日は休みであることに気づかなかった。物書きなんてやつは、もともと曜日の感覚が薄い職業なのだ。その直前までは承知していたはずなのに、電話をしているときには、今日が日曜であることも完全に忘れていた。それに、「お店に」と言った穏代の口ぶりにも、そんな気配がまったくなかった。

一階はラーメン屋など、食べ物関係の店が多く、賑《にぎ》やかに営業していたが、四階はバーやスナックなどの多いフロアである。廊下の照明もほとんど消して、どの店も閉まっているらしい。空調もほかの階ほど利いていないのだろうか、廊下にはひんやりした空気が漂っている。

それでも、約束した以上、一応、浅見は〔ユリアンヌ〕の前まで行ってみた。

意外にもドアが開いていて、音楽こそ聞こえないが、薄暗い明かりがついている。

浅見がドアから覗《のぞ》き込むと、カウンターの椅子に腰かけた穏代が振り向いた。

「いらっしゃい、どうぞお入りになって」

立ってきて、店の中に案内した。電話のときとはうって変わって、きわめて友好的なムードであった。カウンターの足許《あしもと》に電気ストーブがあって、ほのかに温かい。

「寒いから、ドア閉めますね」

言い訳するように言って、穏代はドアを閉めた。とたんに浅見は、重苦しい気分に襲われた。狭い空間に女性と二人だけでいる状況は、浅見にとってはめったにない体験だ。もっとも穏代のほうは何も感じていないらしいのが、少し残念ではあった。

「きょうは休みじゃないんですか？」

時計を見て、いつもならとっくに営業時間であるのを確かめて、浅見は訊《き》いた。

「ええ、お休みですけど、でも、ほかでお会いするより、ここのほうがいいと思って」

穏代はカウンターの中に入って、客と自分のためにビールを注いだ。ふだんよりは薄めの化粧なのか、職業的ではない顔である。グラス越しに見つめられて「乾杯」と、優しく微笑みかけられると、かえって生身の女性であることを意識させられる。

「白井さんがあなたに、十二年前の事件のことを話していたとは、意外でした」

「あら、そうでしょうか」

稳代は少し不満そうに、グラスを弄《もてあそ》びながら、視線を逸《そ》らした。

「正直いうと、僕は白井さんはあなたを、悪い意味で、つまりその、青ひげみたいに口説いていると思っていました。ちょっと危険だな——ともね。はっきりいって、あの人には得体の知れないところがありますからね。だから、そういう昔の事件のことなんかを、あなたに喋《しゃべ》るはずがないと思っていたのだが、そうじゃなかったのですね。白井さんは真剣にあなたを愛しているんだ」

言いながら、浅見は大いに照れた。むしろ稳代のほうがケロッとしていて、「ええ、そうだったんです」と言った。

「このあいだ、白井さんに待っていてくれって、そう言われました」

「はあ、待つっていうと？」

「ですから、その十二年前の事件の決着をつけるまで——っていう意味です」

「決着……どう決着をつけるつもりなのだろう」

「犯人を捕まえるか、さもなくば殺すか——って」

「そうですか、そんなことまで……それはしかし、難しいんじゃないかなあ。ひょっとすると、永久に真相が分からない可能性だってありますよ」

「いいんです。それでも待つつもりです」

稳代は誇らしげに、爽《さわ》やかに言った。第三者の干渉も同情も受け付けない、毅然《きぜん》としたものが感じ取れて、浅見はもはやそれ以上、何を言う術《すべ》も失った。

「白井さんに連絡、つきましたか？」

「ええ、連絡つきました。もうじきいらっしゃるはずです。あの、浅見さんのことお話ししたら、感謝しているとお伝えくださいって……」

浅見に対する穏代の態度が変わったのは、そういう理由だったのだ。

穏代が言ったとおり、それからものの三十分も経たないうちに白井は現われた。ノックも何もせずに、スッと店に入って、ドアの隙間から廊下の様子を窺《うかが》って、それからおもむろに向きを変え、にこやかな笑みを湛《たた》えて近づいた。

「やあ、昨日は失礼しました」

「こちらこそ」

浅見も立って、どちらからともなく手を差し伸べ、握手を交わした。外気の温度をそのまま連れてきたような、冷たい手だった。

「ああ、温かい」

白井はコートを脱ぎながら、ほっとしたように言った。室内の温度のことを言ったのか、それとも浅見の手の温《ぬく》もりのことなのか、両方の意味があったのかもしれない。

「さて、早速お話を聞かせていただきましょうか」

白井は浅見と並んで坐《すわ》ると、すぐに切り出した。表情は穏やかだが、どことなく焦っているような、見ようによっては怯《おび》えているような気配があるのを、浅見は敏感に察知した。何かに追われていて、一ヵ所に長く留まっていたくないのだろうか。

浅見も白井の気持ちに合わせるように、前後を省略して、十二年前の事件の目撃者が、北海道開発庁長官の江場昭義であることを話した。

「江場長官が？……」

白井は電気ショックを受けたように、キッと、顔を浅見に向けた。

「当時はまだ、ペーペーの代議士だったそうですが」

「そうか、江場ですか……ははは、これは驚きましたなあ」

驚愕《きょうがく》から一転して、白井は笑いだした。よほど意外な事実だったらしい。

「参考になりましたか？」

浅見は訊いた。

「もちろんです。ありがとうございました。いや、私のほうも、ある時点で犯人を割り出すところまで迫ったのです。銃と麻薬の密輸で何回も密入国をしている〔K〕という男——つまり、ユリアンヌで『山田』と名乗った男が、昔、白石の路上で女性が射殺された事件に関わったと、仲間に喋っていたという話を摑《つか》んで、その男を追っていました。それでようやく、取引を装って〔K〕を誘い出したのだが、計画に齟齬《そご》をきたして、逆に私の仲間が殺されましてね」

「それは北大植物園の事件ですか？」

「そう、殺されたのはモンゴル出身の優秀なやつで、われわれの組織ではもっとも若い人材でした。面が割れていないので、敵側と接触するには都合のいい男だったのだが、肝心なときにわれわれの現場到着が遅れましてね……それにしても、モンゴルの男がなぜ勘づかれたのか……しかも、腕の立つ男だったのだが……」

白井の顔は痛恨の想いで歪《ゆが》められた。

「もっとも、〔K〕を甘く見たこともありました。〔K〕は単なる密輸屋ではなく某国のスパイだったのです。それは例の、東本願寺裏の公園で〔K〕にあいう死に方をされてみて、はじめて分かった。やつは筋金入りの秘密工作員ですよ。酔った勢いで昔の事件のことを喋って、おそらく、敵味方、両方の組織からマークされていたのかもしれない。捕まればどのみち拷問と死が待っている世界です。いずれにしても、いつでも死ぬ覚悟はできていたのでしょう。しかし、それにしてもモンゴルの男が、ああも簡単にやられるとは……ことによると、敵は一人ではなかったのかもしれませんな」

白井は老人の繰り言のように、しきりに悔やんだ。

「ちょっと教えてほしいのですが」

浅見は白井の言葉を遮った。

「その白井さんたちの組織というのは、何なのですか?」

「このあいだ浅見さんが言った国際刑事警察機構、その外郭の非公式な組織だと思っていただければいいでしょう。通常は一般人として生活していて、情報をキャッチしたり、特定の人物を密《ひそ》かにマークしたりします。状況によってはもっとハードなことをやる場合もありますがね」

「つまり、忍法でいうところの『草』のようなものですね」

「ははは、なるほど、『草』ねえ。そういうことになりますか」

白井はその表現が気に入ったようだが、すぐに笑いを収めて、言った。

「ただ、組織といってもきわめてゆるやかなものですからね。上部からの締め付けや強制力もない代わりに、それで莫大《ばくだい》な報奨金が入るということもない。いわばボランティアのようなものですか。一応、国際正義の理念から参加協力するのだが、中にははぐれ者も出たり、金のために逆スパイを働くケースもあります」

浅見の兄が「善玉か悪玉か分からない」と言っていたのは、そのあたりのことを意味したのだろう。

「私なんかも、本来はそれほど熱心な活動をしていたわけではないのだが、あの事件をきっかけに、銃の密売組織への憎しみがつのりましてね。それに、なんていうのか、このままにしておいたのでは日本はひどいことになる——という、一種の恐怖感に駆られて、それ以来、積極的に行動するようになったのです」

「それはつまり、愛国心ではないですか」

「ははは、愛国心だなんて、そんな言い方はやめてください。きっかけはあくまで私《し》怨《えん》ですからね」

「きっかけが何であっても、なさっていることは立派だと思います。僕などは、口ではいろいろいえるけれど、実際には何もしていないし、これからもできそうにありません」

「いや、そんなことはない。誰にだって正義を行なうことも、それに、それこそ国を愛することもできるでしょう。私のように組織に参加しなくても、たとえば不正を見聞したときに、情報を知らせることだけでもいいではありませんか。ところが実際には、見て見ぬふりが世の中の常識のようになっている。警察だって、市民に協力を呼びかけているくせに、いざ通報すると、それほど的確には対応してくれないものです。学校でいじめに遭った子が訴えても、教師がきちんと取り合わないのと同じです。そんなことでは、いやな思いをしたり、場合によっては生命の危険を冒してまで社会に奉仕しようという気持ちが失われて当然です」

　気負いのまったくない、穏やかな語り口だが、白井の言うことは浅見の胸を打った。ポロ・エンタープライズの越川が共鳴し、傾倒したのも分かるような気がした。

「話がすっかり横道に逸《そ》れましたな」

　白井は困ったような笑顔で言った。

「あ、すみません、話の腰を折ってしまいました。それで、犯人が死んだことによって、十二年前の事件は決着がついたことになるのですね？」

　浅見の言葉は、カウンターの中でじっと二人の会話に耳を傾けている、立花穏代の代弁のような意図もあった。

「いや、残念ながらそうではないのです。〔K〕は死んだが、十二年前のあの事件が解明されたわけではありません。銃を撃ったのは〔K〕ではない公算が大きいのです。必ずやつが単独でそんな事件を起こすはずがない。つまり、動機がないわけですね。必ずバックに何らかの組織がある。銃か麻薬の密売か、それともスパイ活動かはともかく、やつはその一員として動いたにちがいないのです。ところが、どういうわけか、背後関係が浮かんでこない。警察の発表だと、暴力団同士の抗争のとばっちりだというのだが、それは嘘っぱちで、密売グループは暴力団とは別ルートであり、〔K〕は密売組織には関係するが、暴力団とは無縁なのです。しかし、江場が目撃者だったと分かれば、すべてがクリアになります」

「というと、江場氏は嘘の目撃証言をしていたわけですか」

「おそらくね。いや、間違いないでしょう。本当は何があったのか、江場は知っていて、嘘をついたのですよ」

「何があったのですか？」

「いろいろなケースが考えられますね。第一に、狙われたのが、抗争の一方のボスである江場だったというケース。第二に狙われたのが〔K〕自身だったというケース。それから三つ目は……狙われたのが伊藤直子だったというケース、です」

「えっ、奥さんが？」

浅見はもちろん、穏代も驚いて、白井の顔を見つめた。

「じゃあ、流れ弾が当たったのではなく、最初から奥さんを殺す目的だったというのですか？」

「いや、これはあくまでも仮説の一つでしかありません。それも、もっとも確率の低い仮説かもしれない。ただ、あのころ、私は函館のプロモーターの口から、北方四島周辺海域での、日ソ双方の漁船によるスパイ行為について、ある情報を入手していて、密《ひそ》かに確認を急いでいたのです。さっきも言ったように、当時の私は、それほど熱心なメンバーではなく、アメリカ留学時代の知人の関係で、義理でこの組織に参加したようなものでしたが、本来のプロモーションの仕事も忙しく、面白くて仕方のない時期でした。組織の仕事は、どちらかというと、スリルを楽しむ興味本位の部分もあったかもしれない。そうして、その情報確認作業の過程で伊藤直子と知り合ったのです」

白井は、遠い過去から記憶を呼び戻そうとするのか、それとも、悔恨で己れを苛《さいな》むのか、目を閉じて、両のこめかみの辺りを左右から揉《も》みしだくようにした。

「伊藤直子と知り合ったのは十五年前ごろ、直子は札幌にあるディベロッパーの本社で、役員秘書をしていました。おまけに、彼女は小樽《おたる》港に船を何艘《そう》も持つ網元の娘で、その二つのルートを握れば、北海道の政治、経済界の裏情報はかなり容易に入手できる――と思いました。一方、私のほうは興行の仕事などで地方の権力者と、比較的接触しやすい立場にあったし、たやすく彼らの懐深く入り込むこともできたのです。言ってみれば怖いものなし。すべてが思うままにいくような気分の毎日でしたね。直子にもらった情報を組織に売り渡すような、危険な仕事に手を染めていたくせに、彼女の案内で札幌の街を歩いて過ごすことが多かった。要するにまったくの無防備で、恐れを知らないように振る舞ったのですから、敵が直子を私の相棒と見て、襲った可能性は、ぜんぜんないともいえないのです」

白井の話を聞きながら、そのころの札幌の街を闊歩《かっぽ》する、白井と伊藤直子の姿が彷彿《ほうふつ》とした。白井はちょうど現在の浅見と、伊藤直子は穏代とほぼ同じような年代だったろう。浅見のように落ちこぼれを体験していない白井には、若くて無鉄砲で、自信に満ちた日々があったにちがいない。

「直子は、すでに不吉なことが起こりそうな予感を抱いていたのかもしれません」

白井は辛《つら》そうに頬を歪《ゆが》めた。

「ある時期から、結婚して東京へ来ることを求めはじめ東京にもたびたび出てくるようになりました。札幌を離れようと、しきりに言うのだが、私はもう少し待て——の一点張りで彼女を説得した。結婚はいいが、籍を入れるのはもう少し待て。東京へ来るのももう少し待て……彼女の勤める会社や実家からの情報が途絶えることだけを、エゴイスティックに恐れていたのですよ。しかし、さすがにいつまでも引き延ばすことはできず、いよいよ札幌での生活を清算することに決め、彼女にその決心を告げに行く矢先に、あの事件が起きてしまったのです」

話しおえたとき、穏代のすすり泣きが聞こえた。嗚咽《おえつ》の切れ切れに「かわいそう……」という呟《つぶや》きも漏れてきた。

白井は声もなく、自分の罪の深さを確認するように、何度も何度も頷《うなず》いた。

4

「不思議でならないことが一つあります」

浅見は白井と穏代の気持ちが収まるのを待って、言った。

「僕ごときがこんな言い方をするのは失礼かもしれませんが、気を悪くしないで聞いていただきたいのです」

「はあ」

白井は、何を言いだすのだろう——という目を浅見に向けた。

「僕の目から見ると、白井さんはきわめて優秀な方だし、長い経験や実戦経験を積んで、およそ万能に近い能力をお持ちだと思っているのです」

「ははは、それは浅見さん、買い被《かぶ》りというものでしょう」

「いいえ、そうご謙遜《けんそん》なさらずに聞いてください。少なくとも、僕などよりは、はるかに優れていることは、ご自身だって自覚しておいででしょう」

「それはまあ、正直なところをいえば、あなたより年を食っているぶん、多少はましなことができるかもしれませんがね」

「ええ、そのとおりだと思います。しかし、僕だって、こう見えてもけっこう才能のあるほうだと思っているのですよ」

「もちろんそれは私も認めています。いや、私の若いころとは比べものにならないほど、優秀な人ですよ、あなたは」

「ありがとうございます。ところが、その優秀な僕よりはるかに優秀な白井さんが、このところ、立て続けにミスを犯している——いえ、ミスというと語弊がありますが、少なくとも手抜かりがあったことは事実です。しかも、それが連続して起きている」

「浅見さん」と穏代が驚いて言った。

「そんな言い方、失礼だわ」

「いや、構いませんよ。どういうことなのか言ってみてください」

白井は鷹揚《おうよう》に笑ってみせた。

「すみません、怒らないでください。思ったままを言わないと、物事の真相が見えてきませんから、あえて失礼を承知で言っているのです」

浅見は軽くお辞儀をしてから、言葉をつづけた。

「僕の知っているだけでも、ミスはいくつかあります。第一に大山土現所長をみすみす見殺しにしたこと。第二に戸田亘さんの負傷。第三に北大植物園で仲間を殺されてしまったこと。第四にひかり公園で〔K〕の自殺を食い止められなかったこと……そのすべてとは言いません。たとえば第四の自殺などは、止めようがなかったのかもしれませんからね。しかし、ほかの三つについては、きわめて初歩的なミスで、なぜそんなミスが生じたのか不思議でならないのです。どうでしょうか、僕の疑問は的外れですか？」

「いや」

白井は厳しい表情になって、首を横に振った。

「それは浅見さんの言うとおりでしょう。初歩的なミスというのはいささか手厳しいが、少なくとも不可抗力ではなかった。ほんのちょっとした手違いというか、わずかなタイミングのズレのようなものが重なったとしか言いようがありません。いつも完《かん》璧《ぺき》を期しているつもりの私としては、信じられないアクシデントがつづいたのですよ。たとえば、北大植物園の現場到着が遅れた理由などは、じつにつまらないことなのですよ。あの植物園に侵入するには、南西の角に建つ倉庫の裏しかルートがないのだが、われわれが行ったとき、そのすぐ近くに、赤色灯をつけた覆面パトカーがいましてね、約十分間、こっちは釘《くぎ》付《づ》け状態になったのです。それから駆けつけたときには、すでに遅かった……いや、何を言っても弁解めいて聞こえるでしょうが、運が悪かったと思っていますよ」

「はたしてそうでしょうか。運が悪かったで済ませられる問題ではないと、僕は思うのですがねえ」

「もちろん、それだからといって、何もかも不運のせいにして、責任逃れをするつもりはありませんよ。しかし、最善を尽くしてもどうにもならない場合だってあるでしょう。それを運が悪いと言ったまでです」

浅見の絡みつくような言い方に、さすがに白井はムッとして眉《まゆ》をひそめた。穏代は双方の顔を見較べながら、ハラハラしている。浅見だけは、あまり表情を変えずに、たんたんとした口調で話した。

「運が悪いのも、一度や二度なら仕方がないということもありますが、三度、四度となると、何か根本的に違うのではないかと思えてくるのではないでしょうか」

「というと？」

「最初から運や手違いの問題として片付けてしまう、白井さんの考え方は間違っていると思います。いつも完璧を期す、完全主義者の白井さんらしくありませんね。というより、完全主義者であり、自分のすることはいつも完璧であると考えている白井さんだからこそ、ミスを単なる不運として片付けてしまうのではありませんか？」

「………」

「僕のような出来の悪い人間は、しょっちゅうヘマばかりやっていますから、それを運が悪かったなどと言えたものではない。ミスには必ず因果関係があると思って、その原因や理由について考えたり、見直したりするのが習慣になっています。今回のいくつかの事件についても、運が悪かったで片付けるのではなく、ちゃんとした理由や原因のあることではないかと、もういちど検証してみるべきではないでしょうか」

「なるほど……」

　白井の端整な顔が、小さな電撃を受けたように硬直し、驚きの色を浮かべた。

「そうかもしれませんな。たしかにあなたは私の痛いところを衝《つ》かれた。そう指摘されてみると、私は原因についての検証が甘かったと言わざるをえないかもしれない。いや、ミスは早いとこ忘れてしまいたいという、逃避する気持ちが働いたのでしょうな。しかし、そうはいっても、まったく反省がなかったわけではありませんよ」

「でしたら、事件の状況を話してみてくれませんか。僕でお役に立てることがあるかもしれません」

「それはすでにお話ししているでしょう。昨日、ホテルにあなたを訪ねたときに話したことがすべてですよ」

「そうは思えませんが」

「は？」

「あの時点では、白井さんは僕を警戒しておられた。いや、いまでもそうなのかもしれませんが、あのときは、はっきり、腹を割って話していい相手かどうか、疑っていましたね。だから重要な部分を隠すか、嘘をついた。違いますか？」

「嘘……」

外の冷気が流れ込んだような緊張感に、穏代は息を止めた。

「嘘とは穏やかでないですな。何を根拠にそんなことを言うのですか？」

「では訊きますが、八雲町で大山氏が殺されたときの経緯について、白井さんは大山氏が八雲町にいるという情報を得て、現地に向かったということでしたね」

「そのとおりですよ」

「その情報は誰からのもので、どういう内容だったのですか？」

「ん？　それはだから、われわれの仲間の一人——その人物が誰かは言えないが、その男からの連絡ですよ。内容は、大山土現所長が八雲町のサケの採卵場付近の家屋に潜伏しているというものだった」

「それで、大山氏を確保しに向かったのですか？」

「そうです」

「それには危険が予測されたのですか？」

「いや、その時点ではべつにそれほどの危険があるとは考えていませんでしたよ」

「しかし、現地では予想外のアクシデントが襲って、大山氏は殺されたのですね」

「そういうことです」

「たしかに、汚職事件で検察に呼ばれ、逃げ隠れしているような大山氏を確保しに行くのですから、相手側に対してべつに危険を感じなくても当然ですね」

「まあ、そうでしょうな」

「だとしたら、仲間からその連絡を受けたとき、白井さんには何の不安もなかったことになりますね」

「そうですね」

「それなのに、白井さんは電話で『大丈夫かな？』と言っているのですが、それはどうしてなのですか？」

「え？……」

白井は一瞬、何のことか分からなかったらしい。生徒におそろしく高級な質問をされた、出来の悪い教師のように、ポカーンとした顔になった。

「戸田亘さんは、白井さんの東京のお宅に盗聴マイクを仕掛けておいたのですよ。そのテープに白井さんの声が録音されていました。たしかに、八雲町へ向かう手筈《てはず》をやり取りする内容でしたが、その中で白井さんは『大丈夫かな？』と心配そうに言っているのです。いったい何が心配だったのですか？」

「そんなことを言いましたか……言ってたとすると、それはまあ、逃げられはしまいか、心配だったのでしょうな」

「しかし、八雲町のサケの採卵場付近は川のほかは、何もない、だだっ広い田園のようなところですよ。逃げ隠れするような場所はないし、大山氏のような年配の人に走って逃げられるおそれもなかったはずですが」

「いや、あの辺は夜になると真っ暗闇ですからね、ちょっと油断すると見失いそうな不安があったのです。現に、そうそう、戸田のことを敵と誤認して、襲ってしまったことから見ても分かるでしょう」

「あ、じゃあ、暗くて誰だか分からなかったために、戸田さんを誤って襲ってしまったのですか」

「そうですよ」

「何時ごろのことですか？」

「暗くなって、かなり時間が経っていたから、午後八時は過ぎていたのじゃないかな」

「それはおかしいですね」

「おかしいとは、何が？」

「あの日、白井さんは北斗8号で八雲へ向かったのでしょう。北斗8号は九時四六分札幌発で、八雲には一二時二三分に到着します。つまり真っ昼間です。それから八時間もむだな時間を費やして、わざわざ夜になるのを待ったというのですか？」

「ん？………」と、白井は一瞬、言葉に詰まったが、すぐに「そういうことです」と、開き直りのように答えた。

「なぜそんなに待たなければならなかったのですか？」

「それはあれですよ。あの当時はまだ夏の終わりのころでしてね、八雲の海岸付近には行楽客が多くて、そういう中で騒ぎを起こしたくなかったからです」

「なるほど……」

浅見は頷《うなず》いたが、すぐに「それにしても」と首を傾げた。

「大山氏を確保するだけの目的なら、なぜ警察に通報するか、少なくとも共同作戦を講じなかったのでしょうか？　いくら警察が頼りないといっても、包囲網を作るためには、警察の人数を繰り出すべきだったのではありませんか？　そのための時間は充分あったのだし、八雲警察署だけでも、四十人程度の人員は揃っているはずですからね」

「いや、それは違いますね。大山はまだあの時点では法的には犯罪者でも、容疑者でもなかったのです。単に参考人として検察に呼ばれていたにすぎない人物です。警察には逮捕状もないし、拘束する権利も与えられていませんでしたよ。かりに私が進言したとしても、一民間人のいうことなど相手にしてくれなかったでしょう。しかし、それはそれとしても、わずか三人で現地へ赴いたのは失敗でしたね。相手は大山ひとりだから、自分たちだけの手で確保できると甘く見たのだが……」

「つまり、抵抗なんかあるはずがないと考えたのですね？」

「そういうことです」

「抵抗もなく、大騒ぎにもならない——だったら、行楽客を気にする必要もないはずだったのじゃありませんかねえ」

「………」

浅見のしつこさに辟易《へきえき》したのか、それとも論理的に辻褄《つじつま》が合わなくなったのか、白井はついに黙ってしまった。

「夜になるのを待った理由は、ほかにあるのじゃありませんか？」

「………」

「ねえ、立花さん、どう思います？　客観的に考えてみて、白井さんの説明に納得できますか？　率直に答えてくれませんか」

「それは……」

穏代は急に訊かれて、うろたえた。

「どうですか、変でしょう？　あなただって変に思うでしょう？」

「私には分かりませんけど……」

「そんなはずはない。こんな簡単な問題が分からないはずがないでしょう。やっぱり変なものは変だと思うでしょう？」

「それは、まあ、少しは……」

「ほらね、そうなんですよ、変なんですよ。白井さんのファンであるあなたが変に思うくらいだから、これはよほど変ですよ」

「でも、それじゃ、浅見さんはどういうことだって言うんですか？」

穏代は反発するように言った。沈黙した白井のために、エールを送るつもりらしい。

「答えは一つです」

浅見は自信たっぷりに言った。穏代はもちろん、白井までが、興味津々の顔をして、浅見の口許《くちもと》に注目した。

「白井さんたちのグループが八雲町を訪れた本当の目的は、大山氏の身柄さえ確保すればよいという単純なことではなかったのです」

「えっ？……」

穏代は単純に驚いたが、白井の驚きはもっと複雑で、深いものがあったようだ。口を窄《すぼ》めるようにして、両の目を大きく見開いて浅見を見つめた。ほとんど畏怖《いふ》といってもいいくらいの、強い感情が込められた表情であった。

「そうじゃなかったって——だったら、本当の目的は何だったんですか？」

声を出さない白井の代わりに、穏代は躍起になって言った。

「大山氏はあの時点では、検察の呼び出しがかかっていて、常識的に考えると、逃亡を防ぐための警察の張り番や報道陣の夜討ち朝駆けがありそうなものです。ところが、大山氏は八月二十九日に家を出たきり、行方が分からなくなった。翌三十日には早くも家族から役所に対して休暇願が出されています。それも役所側がそうしろと指示したということです。大山氏は函館土現の所長ですから、大山氏を差し置いて、役所がそんな勝手な指示を、それもそんな早い時点で出すというのはおかしな話で、何者か

――大山氏より上の人間がその指示を行なったと考えて間違いないでしょう。要するに、大山氏の『失踪《しっそう》』は大山氏単独でなく、背後により大きな力が働いていたはずです。それは、ことによると、大山氏に対する警察の監視を外させるほどの力だったかもしれません」

いまや浅見の独演会といってよかった。白井も穏代も、固唾《かたず》を飲んで、浅見のいくぶん紅潮した顔を見守っている。

「八雲町の図書館で大山氏の『自殺』事件について新聞記事を調べているとき、記事の中に、八月二十九日、函館に、元総理大臣、保守党最高顧問の鈴本美幸《すずもとみゆき》氏が、北海道開発庁の江場長官に伴われて入ったというのが、かなり大きく扱われていました。翌三十日に函館郊外で行なわれる江場氏主催のゴルフコンペの主賓として、鈴本氏が参加するというものです。それを読んだときにはべつに何も感じなかったのですが、いまにして思うと、あれは表向きはゴルフが目的で、あわせて江場氏の地元に対するデモンストレーションであったのと同時に、大山氏の失踪に効果的であったことは疑いようのない事実です。警察の警備体制はこっちのほうに注がれますから、その結果、大山氏への監視の目が削《そ》がれたとしても、警察の責任が問われることもなかったのです」

「じゃあ、大山所長のバックには江場長官がいたっていうことですか？」

穏代は浅見と白井の顔を交互に見ながら、素朴に言った。

「それは間違いないと思いますよ。そうですね？」

浅見に訊《き》かれ、白井は黙って頷いた。穏代を納得させるには、白井をダシに使うのがもっとも効果的だ。

「江場長官の函館入りと、大山氏が検察に召喚される日がぶつかったのは、おそらく偶然だと思いますが、江場氏にしてみれば、大山氏を抹殺するシナリオを書く上で、きわめて都合がよくなったことは事実でしょう。ボディガードなど、江場氏の身辺にいるスタッフの多くが、おおっぴらに函館に入ることもできましたしね。そうして、予定どおり、大山氏を函館市内から脱出させ、監禁した後、三十一日の夜、遊楽部《ゆうらっぷ》川で溺死《できし》させた——そういう筋書で進行しているのだと、僕は思っています。しかし、そこから先の奇々怪々がさっぱり分からない……」

浅見は悩ましげに頭を二度三度振った。

「もういちど整理すると、八月二十九日に江場長官一行が函館に入り、その日に大山氏が失踪した。翌三十日にゴルフコンペ。そして三十一日に大山氏の殺害——です。その一方で白井さんは二十九日の昼に電話を受け、三十日に札幌に飛び、三十一日朝『北斗8号』で八雲へ行った。その列車には白井さんを尾行して戸田さんも乗り込んでいた——ということになります。八月二十九日から三十一日にかけて、江場長官、大山氏、白井さんの行動がダブって見えてくるのです。このことから、あの盗聴電話の内容が意味するものは、二つのケースが考えられます。第一のケースは、江場長官が出した大山氏抹殺の指示が漏《も》れて、白井さんに伝えられた——というものです。そして第二のケースは、江場長官の指示が白井さんに与えられたものである——というものです」

「えーっ……」

穏代が悲鳴のように非難の声をあげた。

「そんなばかな……ひどいわよ、いくらなんでも……」

「まあまあ」と浅見は穏代を宥《なだ》めた。

「これはあくまでも仮説ですから。白井さんも気を悪くしないでください。僕は単純に可能性のあることを並べているにすぎません。しかし、白井さんたちは単に大山氏を確保に行ったのではなく、いまの二つのケースのどちらか——つまり、大山氏を江場グループの手による抹殺から救出するか、それとも白井さんたち自らが抹殺の手を下すかのどちらかであることは間違いないと思いますが、いかがですか？」

「そうなのですか？」

穏代は不信と不安のないまざった目を、二人の男に往復させた。白井は憮然《ぶぜん》とした表情を動かさない。

第十章　創生への崩壊

1

沈黙のまま、ずいぶん長い時が流れたような気がしたが、ほんの二、三分ほどだったかもしれない。

白井がふいに立って、ドアへ向かった。浅見も穏代も驚いたが、逃げるわけではなかった。ドアを細めに開けて、外の様子を窺《うかが》ってから、安心したように、笑顔を浮かべてゆっくりと戻ってきた。

「浅見さん、あなたはすごい人だ」

白井は椅子に腰を下ろしながら、溜息《ためいき》を漏らすように言った。

「札幌に来て、わずか一週間かそこいらで、ずいぶんいろいろなことを調べ上げたものです。いや、調べただけでなく、推理し、事件内容を再構築してみせる、その才能には敬服させられましたよ。分かりました、もう隠しておくのはやめましょう。もっとも、あなたと私とは、敵味方の関係からいえば、味方同士なのだから、もっと早くから腹を割って話してもよかったのです。ただ、私にはあなたのお兄上に対する、妙な対抗意識のようなものがありましてね、どうも警察というところは好きになれない。とくに、伊藤直子の事件のときの対応の仕方がひどいものでした。アリバイが成立するまで、いや成立してからも、まるで私を犯人扱いして、私のほうから事件のさいの状況や事情を訊いてもけんもほろろの挨拶《あいさつ》で、何も教えてくれなかったのですよ。今回のこともそうです。大山を焙《あぶ》り出すきっかけとなった原野の逮捕は、そもそもわれわれが見つけ出した証拠を警察に渡したことによるものなのです。それにもかかわらず、浅見さんがさっき言ったように、明らかに江場の工作に乗せられた恰好《かっこう》で、大山を脱出させてしまった。これでは警察を信じる気にはなれませんよ」

白井はその鬱憤《うっぷん》がまだ拭《ぬぐ》えないらしい。この男にしては珍しく、怒りの表情が持続して現われていた。

「浅見さんの素性を調べさせてもらって、刑事局長の弟さんだと知ったときは、あなたもまた、警察権力を笠《かさ》に着たいやな連中の一人だと思いました。ところがその後、どうもあなたのバックには何もついていないらしいことが分かってきた。今日もここに来るに当たって、ビルや店の周辺をチェックしてから来たのですが、それらしいヒモがついている様子はありません。どうやら私の思い違いらしい。もう警戒するのはやめて、何もかも真相を明らかにすることにしましょう」

白井は水割りで舌を湿らせてから、本論に入った。

「まず、八月三十一日に何があったのか――ですが、その前の二十九日の電話は、浅見さんが言ったとおり、大山が自宅から脱出したという情報がもたらされたものです。潜伏先は八雲町だというのが意外でしたが、八雲には漁港があって、そこから漁船を使って海外に逃亡するらしい――という話だったのです。八雲あたりの港だと、ほとんど監視の目が行き届きませんから、そういうこともあるのかと思いました。それで、われわれは三十一日の朝、八雲へ向かったのです」

「ちょっと待ってください。いま、われわれと言われたのは、白井さんと越川さんということですか?」

「いや、越川さんは危険なことには参加させません。あの人はあくまでもわれわれのシンパとして、情報の伝達だけに協力してくれているようなものです。そう、ユリアンヌと同じ役割を果たしているだけですよ。札幌での連絡場所としては、昼間はポロ・エンタープライズ、夜はユリアンヌといった具合に二カ所を利用させてもらいました。もっとも、ユリアンヌのママは、何も知らずに協力してくれていたので、まことに申し訳ない」

白井は穏代にペコリと頭を下げた。

「実際にそういった作業に参加するのは、さっき言った国際刑事警察機構の外郭で動いている、荒っぽい仕事のできる連中です。あのときは三人が現地へ向かいました。私と例の北大植物園で殺《や》られたモンゴルの男と、もう一人は……まあ、この男のことはいいでしょう。函館の人間ですがね」

「宮下企画の社長ですか」

浅見は言った。

「ん？……ははは、そうですか、あなたは何でもよく分かる人だ」

「宮下企画の向かい側のビルに、江場氏の事務所がありますからね。あそこなら情報をキャッチするのは簡単だと思いました」

「おっしゃるとおりです。宮下さんのところは、仕事柄、昼も夜もないようなものでしょう。夜中に働いていても不自然じゃないし、隙を見て前のビルに盗聴装置をつけるチャンスはいくらでもあるそうです。ただし、われわれの情報網はもっと複雑多岐にわたっていますよ。その主なものは船舶関係ですな。伊藤直子が網元の娘だったことに象徴されるようなものです。江場は水産会社の社長をしていて、彼のほうも船舶を通じて情報の収集をしたり、密貿易をしたりしてますが。その両方を股《また》にかけたコウモリのようなやつもいるのです」

白井はかすかに頬を歪《ゆが》めてみせた。

「ここで江場の正体を教えましょうか。やつはもともと函館港をベースにした船主の息子です。若いころにはグレて暴力団の構成員をやっていたりしたようですが、父親の跡を継いで社長になるやいなや、北方四島周辺でのカニ漁を中心に稼ぎまくっていました。父親の時代はそれほどでもなかったのだが、彼が社長になってからは、ほとんどフリーパスのように旧ソ連の規制海域に入り込んで漁をしています。ほかの船舶が拿捕《だほ》されても、なぜか江場の会社の船は逃げ帰ってくる。よほど運に恵まれていると考えられていたのだが、じつは旧ソ連側に情報を漏らすのとバーターで、密漁を黙認させていた。要するに国を売っていたスパイなのですよ。彼が政界に乗り出した当時、選挙資金のかなりの部分は、そういう非合法的な商売から生まれたものでした。ところが、政界で伸びるためにはさらに金が必要になってきた。たとえば、保守党内での地位を引き上げるためには、派閥への上納金が要求される。二世議員のようなカンバンもジバンもない江場は、金によって地位を買うしかないのです。そこでスパイや密貿易だけでない、一攫千金《いっかくせんきん》が可能な『事業』に手を出さざるをえなくなった。それは道路や河川改修であり、その典型的なものがサッポロドームなのです。保守党は、彼のそういう才能を活用するために、江場を北海道開発庁長官に任命した。開発庁を通じて北海道に流れ込む金の三パーセント程度を、江場の事務所経由で党にキックバックさせるようにしむけたわけです。たとえば、道路工事で一千億円かかれば、三十億円が保守党の台所に入る。この方式なら、万一バレたとしても、江場一人を切れば済みますからね」

「汚ないわねえ……」

　穏代が率直な感想を述べた。

「そう、汚ない。政治は汚ないですよ。しかし、国民の中にも、その汚ない金にたかるやつがいるのだから、どっちもどっちですかな」

「そんなことありませんわ。私みたいに、冠婚葬祭の祝儀不祝儀だとか、そういう政治家からのおこぼれみたいなもの、ただの一度も頂戴《ちょうだい》したことのない人たちがほとんどなのでしょう？」

「それはそのとおりだが、汚ない金を使って仕事を受注した会社の社員やその家族、その会社が接待に使ったり、社員が飲み食いする店など——すべて汚職の恩恵に浴する構成員であることは事実ですよ。その事実を知れば、社員は社長の不正を指弾することができなくなるし、社員の家族も夫や父親の破廉恥な行為を見て見ぬふりをするしかない。店にいたっては、どんなに汚れた金であろうと、お客が来てくれれば神様です。そうして、全国民が不正にマヒしていくのですよ」

「………」

　穏代は白井に叱られたように感じたのか、顔を伏せて悲しそうに黙ってしまった。

「僕は必ずしも、そうは思いません」

浅見は穏代を慰めるように言った。

「少なくとも、僕が見てきた北海道の田園や海で働く人々は、そういう政治の汚なさとはまったく無縁のところで、営々として生活していると思いましたよ。町の人びとだってそうでしょう。政治家や役人とつるんで、不正に甘い汁を吸う連中は、ほんのひと握りなのであって、どんなに汚れた金でもいったん彼らの手を離れて、善意の人々の手に渡ってしまえば、それはきれいな金として通用するのだと思います」

「そうは言ってもねえ、浅見さん。川の源流はやはり清流であったほうがいいでしょう」

「それはもちろん、そのとおりですが」

「ははは、いまはこんな議論をしている場合ではありませんな。とにかく、江場とはそういう人物だということを知っていてもらいたいのです。とくに、江場が他の政治家とまったく異なる点は、さっきも言ったとおり、彼が旧ソ連・ロシアと密接に関わって、情報を売り渡し、その代わりに北方四島海域での操業を黙認させていること。そして、その接触を通じて銃や麻薬の密輸を行なっていることだという事実を知らないと、今度の事件の解明ができません。なぜかというと、その江場の秘密を知っていたのが、ほかならぬ、大山土現所長だったのですからね」

「あっ、そうだったのか……」

浅見はようやく、白井がなぜ大山ばかりを重視し、原野にはそれほど関心を払わないのか、その理由が呑《の》み込めた。

「大山氏は、単に金銭的な汚職問題だけでなく、江場長官のそういう暗黒面を知っていたのですね。江場氏にしてみれば、検察の追及で、それが暴かれるのを恐れたというわけですか」

「そのとおりです。だから、私がもっとも恐れたのは、江場の一味が大山を抹殺するのではないか――という点でした。宮下さんのキャッチした情報によると、彼らは大山を一時、八雲町の空き家に潜伏させ、その後、船で逃亡させる手筈《てはず》だということでした。しかし『逃亡』が『抹殺』でない証拠はない。一刻も早く大山を確保して、やつらの手から守らなければならないと考えたのです。現場へ行ってみると、言われていた家はあった。近くにはサケの採卵場がある以外、人家はないので間違いなくその家なのだが、中には大山はいない。ことによると食事か何かで外出して、日が暮れるのをどこかで待っているのかもしれないと思い、われわれは家の中にひそみ、夜になるのを待ったのです。とにかく腰を据えて待つしかなかったのです」

待機していた時間を実感させるように、白井は少し間を置いた。

「午後七時を回ったころ、薄暗い中を若い男がやってきました。明らかに挙動不審で、ふつうの地元の人間ではありません。男は家に入って、懐中電灯を照らし物色を始め、すぐにわれわれと遭遇して、逃げだしました。われわれは追いかけ、サケの採卵場付近まで行くと、何かにぶつかったような『あっ』という声がしました。行ってみると男は倒れていて、われわれに気づくと、すぐに立ち上がり逃げだしかけたのです。それで、モンゴルの男が飛び掛かって投げ飛ばしました。これはやむをえない行動だったでしょう。後で分かったことですが、この若い男が戸田亘で、事件とはまったく関係のない人間だったというわけです」

「戸田さんが記憶喪失に陥ったのはそのときですか」

「そう、地面に頭をぶつけて、そのままぶっ倒れていたが、たいした出血もなかったので、その時点では単に意識を失った程度のことと考えていました。ところが、元の家の中にかつぎ込んで、しばらくして意識が戻ったものの、完全に記憶喪失になっているることが分かって、われわれは大いに慌てましたよ」

「それで、肝心の大山氏のほうはどうなったのですか？」

「大山は結局、現われずじまいでした。だからわれわれは、戸田が敵の先鋒《せんぽう》であって、様子を窺《うかが》いに来たものと考えたのです。しかし、戸田が無関係だった以上、何か情報に間違いがあったのか、それともわれわれが予想したのより早く、敵が行動したのでしょう。夜になってわれわれは引き揚げましたが、その二日後、大山の死体が八雲町沖の海に浮かんだと知って、それはショックでしたよ」

「白井さんたちが八雲へ向かったことを、三人以外に知っていたのは誰か教えてください」

「ああ、それは越川さんとは連絡を取り合っていましたが……しかし、越川さんは信頼に値する人間ですよ」

「函館の宮下氏関係で、情報が漏《も》れたということはないでしょうか？」

「まず考えられませんな」

「宮下企画に女性がいましたが、彼女も信頼できますか」

「それは大丈夫でしょう」

「そうなると、いよいよ発信元の情報が間違っていたことになるじゃありませんか」

「それもありえないことですなあ」

結局、何かの理由で齟齬《そご》をきたしたにしても、その「何か」は分からずじまいということであった。

2

「大山を死なせたのももちろん私の誤算だったが、それ以上にもう一つの失敗――北大植物園でモンゴルの男を殺されたのは、痛恨のきわみでした」

白井はまたしてもそのことを悔やんで、心底つらそうに顔を歪《ゆが》めた。

「その、モンゴルの人が殺された現場の状況はどんなだったのですか？」

浅見は訊《き》いた。

「園内は、ところどころに常夜灯がともっている以外は、ほとんど真の闇のようなものですからね、はっきりした状況は掴《つか》めなかったが、私が行ったときには、すでに彼はかなり冷たくなっていました。おそらく、約束の時間より、少なくとも十分以上も前に襲撃されていたのでしょう。いや、遅れた責任を逃れるために言っているのではありませんよ」

「モンゴルの人はかなり腕の立つ人だったということですが」

「達人でした」

白井は大きく頷《うなず》いた。

「何という武術か知らないが、空手とも少し違う、独特の技を見せてもらったことがあります。戸田を投げたときも鮮やかなものだったし、それ以前にも、何度か格闘の場面に遭遇しましたからね。その達人がみすみす殺《や》られるほどだから、敵は相当なやつだったにちがいない」

「〈K〉ではないのですか？」

「あれは違うでしょう、銃でもあればべつだが、腕の立つ人間ではありませんよ。われわれが襲ったとき、ほとんど抵抗らしいこともしないで、あっさり自決しましたからね」

「敵は複数だったのではありませんか」

「いや、あの殺られ方は一人でしょうな。複数の相手に襲われたのだったら、全身に傷を負うはずです。しかし、警察の発表によると細いロープかワイヤー状のもので喉《のど》を絞められたのが唯一の痕跡《こんせき》で、みごとにそれで殺されている。殺しのプロのような手口といっていいでしょう。とにかく彼を上回る技の持ち主だったにちがいない。ただ、彼ほどの男が、なぜそう簡単に殺られたのかが、どうしても不可解ですがねえ」

「油断していて、不意を衝《つ》かれたということはありませんか？」

「それは考えられません。場所が場所ですからね。かすかな物音ひとつにも警戒を怠らなかったはずです」

「相手が親しい人物だとしたら？」

浅見が軽く言ったのに、白井は「ん？」と目を丸くした。

「親しいとは、たとえば？」

「たとえば、白井さんとか」

「ははは、私なら油断したかもしれませんがね……まさか浅見さん、本気でそんなことを言ってるわけじゃないでしょうな」

白井は笑いながら、いくぶん鼻白んだ顔になった。

「そうですよ、浅見さん、冗談でもそんなことは失礼だわ」

稳代までがクレームをつけた。

「いや、これもたとえばの話ですよ。たとえば、白井さんでなくてもいい。越川さんだとか、そう、あなたでも安心して接近させたかもしれない。どうでしょうか、白井さん」

「それはまあ、ユリアンヌのママなら、彼も顔は知っているし、連絡場所に使っていることを知っているから、警戒をゆるめたとしても不思議はないでしょうな」

「やめてくださいよ、そんな気味の悪いことを言うのは」

稳代は悲鳴を上げた。

「分かりました、もうやめましょう」

浅見は苦笑して、話題を変えた。

「じつは、こっちの事件とは別に、僕はもう一つの殺人事件と関わりができてしまっているのです」

「ほう……」

白井は驚いて、

「それは、もしかすると、テレビのニュースで言っていた、徳永開発庁次官の父親が殺された事件のことでは？」

「えーっ、そんな事件も起きているんですか？」

浅見が頷く前に、穏代がまた悲鳴のような声を発した。

「そうです、徳永次官のお父さんが殺された事件で、僕は警察に引っ張られました。じつは、昨日の夕方、僕は徳永家を訪ねていましてね。ご老人が殺されたのは、それから数時間後のことだったのです。犯人以外では、僕が最後の訪問者だったようです」

「そうすると、警察にとっては、浅見さんは限りなく犯人に近い容疑者ですな」

これまでの追及に対する竹篦返《しっぺいがえ》しのように、白井は面白そうに言った。

「ええ、そうなのですが、幸いなことに、僕を尾行していた人物がいて、結果的に僕のアリバイを証明してくれました」

「その人物は、それこそ信頼できる相手だったのですか？」

「まあ、そうでしょうね。徳永さんの息子さん——開発庁事務次官殿ですから」

「なるほど、そいつは残念ですなあ」

「ははは、ひどいことを……」

ようやく、三人が声を揃えて笑った。しかし、本心をいえば、浅見はとても笑ってなどいられない心境であった。あの老人の死を思うと、心が痛む。

「で、浅見さんに犯人の心当たりはあるのですか？」

笑いを収めて、白井が訊いた。

「ないこともありません。じつは、その直前に、徳永さんから、額面三十億円の約束手形のコピーをもらいましてね。それを北発銀行の有賀副頭取に送りつけてあったのです。その手形の出所が徳永さんのところだと分かる人間の犯行ではないかと思いました」

「約束手形というと、振出人の名義はどこですか？」

「ヨロイ建設です」

「ヨロイ建設……」

おうむ返しに言って、白井は表情をこわばらせた。

「ご存じですか」

「もちろんです。伊藤直子がかつて勤めていたのが、ヨロイ建設ですよ」

「えっ、そうだったんですか……」

浅見は思わず穏代の顔を見た。穏代は驚きの上に当惑と悲しみを重ねたような、複雑な表情を浮かべている。

「浅見さんはそのことを、警察に話したのですか？」

「いや、それ以前に、有賀氏の告発で札幌西署の刑事が僕のところに来ました。もちろん知らないと突っぱねたのですが、警察は恐喝容疑で調べをつづけているはずです」

浅見は徳永老人からカラ手形のコピーをもらった経緯を話した。

「いずれは警察に話さなければならないと思ってはいるのですが、どういう目的にせよ、恐喝まがいのことを刑事局長の身内がやったとなると、いろいろと差し障りがありますし……」

「それ、ちょっと待ってくれませんか」

「待つ——と言いますと？」

「しばらくのあいだ、浅見さんは警察には黙っていてください。私に考えがあります」

「危ないことを考えているのじゃないでしょうね？」

「ははは、浅見さんほどにはね」

白井は、はぐらかすように言ったが、浅見は本能的に、白井が何か、危険なことに手を染めようとしているのではないかと思った。

「例の戸田さんですが、その後はどうなのですか？」

浅見にとって、戸田のことは札幌に来た本来の目的なのだ。まだ一度も姿を現わさない戸田が、本当に無事なのか、気にかかる。

「ほとんど快復しました。ずっと函館で、宮下氏の知り合いの病院に入っているのだが、記憶もここ二、三日ではっきりしてきたそうだから、今日明日にも退院できるのじゃないかと思いますよ」

「だったら、ぜひ会いたいですね。とにかく戸田さんの無事を確認しないと、役目が終わった感じがしません」

「ははは、どうもまだ信用されていないみたいですなあ」

白井は笑ったが、なるべく早く戸田を札幌に来させることを約束した。

話が一段落すると、さすがにどっと気疲れが押し寄せてきた。アルコールは多少入っているのだが、気分はシラフ同然だった。

どこかで食事でも——と、三人はうち連れて〔ユリアンヌ〕を出た。ススキノの日曜の夜はどこへ行っても、ことに若い人たちの姿が多い。たまに中年の姿を見ると、なんだか異質な感じがする。白井はもちろん、浅見や穏代でさえも浮き上がった存在のような気がしてしまう。
白井の案内で、あまりガイドブックや観光客に知られていない店へ行くことにした。ススキノの一角なのだが、裏通りで、ちょっと見には薄汚ない感じの居酒屋風の店である。ここで出す魚料理が抜群です——と白井は自慢そうに言った。

店内は満員で、前に二組の客が待ち、その後ろに並んだ。店員は「じき空きますよ」と言っているが、保証のかぎりではなさそうだ。前の客の肩越しに見ても、お客が動きそうな気配はなかった。

「どうしますかなあ……」

責任を感じるのか、白井はしきりに奥の様子を窺《うかが》っていたが、そのうちに「あれ？　小野さんじゃないか」と言った。

「ポロ・エンタープライズの小野さんがあそこにいますよ」

「あら、ほんと」

穏代も顔見知りの相手だった。

奥まったテーブルの、ほの暗い行灯《あんどん》風の明かりに照らされて、三十歳前後の男がいる。浅見は知らないが、ポロ・エンタープライズの社員——つまり、赤山裕美の先輩ということだ。

「あのテーブルに、ご一緒させてもらいましょうよ」

穏代が提案して、白井も「そうだねえ」と動きかけたが、「ちょっと待った」と二人を制止した。

「あいつ、どこかで見た男だな……」

小野と歓談しながら料理をつついている男のことだ。四十五、六歳だろうか。脂ぎった顔が、赤い明かりにテラテラ光っている。

白井は前に立つ客の背に隠れるようにして、男の横顔を見つめながら、しばらく思案していたが、ふいに何かを思い出したらしい。ギョッとした顔になると、二人の腕を摑《つか》んで「ここ、出よう」と言った。

店を出てからも足早に歩いて、どんどん遠ざかった。白井の様子には、何かに怯《おび》えてでもいるような緊迫したものが感じられた。

小さな川に架かる橋を渡って、白井はようやく足を止めた。たしか鴨々川《かもかも》とかいう、札幌市内を流れる運河である。京都の祇園《ぎおん》を流れる鴨川に雰囲気が似ているので、鴨川をもじって、そう命名したと聞いた。幅四、五メートルの底の浅い川のところどころにはコイが泳いでいる。暗い水面にチラチラと街の灯が揺れて、幻想的だ。

「さっきのあの男、江場の地元事務所の佐田《さだ》ですよ。しかも、北へ行くルポ船の指揮官の一人のはずだ。あいつ、小野さんに接近して、何を企んでいるのかな?……」

不安そうに振り返り、いま出てきた店のある方角を見つめた。浅見は白井が躊躇《ためら》っているのが理解できない。

「戻って、その小野さんに注意してやったほうがいいんじゃありませんか?」

「いや、あの男が単独でいるはずはありませんからね。近くに仲間が何人かいますよ。へたに声をかけると危険だ」

「だったら、僕だけが戻って、様子を見てみましょう。小野さんも佐田も僕の顔を知らないはずですから」

浅見は言いながら、すぐに引き返しはじめた。白井が慌てて「浅見さん」と声をかけたが、「あとで立花さんのところに連絡を入れます」と言い捨てて、走りだした。

ほんの十分足らずのあいだに、待っているお客の顔触れが変わっていた。小野と男はまだ席にいたが、浅見が到着してまもなく立ち上がった。年配の男のほうの奢《おご》りらしく、小野は恐縮したように挨拶《あいさつ》して、男がレジに立ち寄っている間に、出口のほうにやって来る。

浅見は反射的に外へ出て、電柱の後ろに隠れた。

小野は店を出ると、一人でさっさと歩きだした。男とはすでに別れてきたのか、振り向きもしない。鷲摑《わしづか》みにしていたコートを羽織って、肩で寒風を切るような、颯爽《さっそう》とした歩きっぷりである。

少し遅れて、もう一人の男が現われた。こっちのほうは小野と反対方向――浅見のいる側に向かってきた。浅見は慌てて、立ち小便をするような恰好《かっこう》をつくった。

男の足音が背後を通り抜け、街角を曲がってしまうまで、浅見はそのままの、中途半端な姿勢をつづけた。

浅見がようやく警戒を解いて振り向くと、街角から白井と穏代が現われた。

「浅見さん、のんびり用を足している場合じゃないでしょう」

白井は笑いを含んだ声で非難した。

「違いますよ。そうじゃないのです」

「まあいいでしょう。それで、彼らはどうなりました？」

「いま、別々に帰っていきましたが……そうだ、白井さん、明日、戸田さんを連れてポロ・エンタープライズへ行きませんか」

「えっ、何をしに行くんです？」

「詳しいことは明日、説明します。とにかく、朝一番の列車で函館から来てくれるよう、手配してください。戸田さんとも、いろいろ打ち合わせしたいし。お願いします」

怪訝《けげん》そうな白井に、浅見は頭を下げた。

3

月曜日の朝だけは、なるべく全員が顔を揃えよう——というのがポロ・エンタープライズの唯一の「社是」のようなものらしい。珍しく越川社長も十時前には出勤していた。

「けさは白井さんたちが来ることになっている。旨《うま》いコーヒーでも淹《い》れてくれないか」

　越川が赤山裕美に頼んだ。

「はーい」と、裕美は陽気に答えた。

　裕美にとっては入社して丸々一週間目のことである。家を出るときから、なんとなく、ちょっとした記念日のような気構えがあった。

「白井さんとどなたが見えるんですか？」

「ああ、全部で三人のはずだ。誰が来るかはお楽しみだな」

　越川は面白そうな口ぶりで言ったが、そのくせ、目は笑っていない。春恵専務もお客が来ることで緊張している様子だ。

（もしかすると、お客の中の一人は浅見さんかな――）

　裕美はピンときた。浅見のことを思い浮かべると、なんだか、しぜん、微笑が湧いてくる。則行が知ったら、さぞかし妬《や》くだろうな――とおかしかった。

「じゃあ、打ち合わせをしようか」

　越川が言って、全員が丸いテーブルを囲んだ。小野から先週までの業務について経過報告があり、問題点をチェックする。また、社長と春恵専務から新しいイベント企画についての説明が行なわれた。〔サッポロファクトリー〕がコンサート会場として使用可能になったので、まったくの新機軸でイベントプランを練り上げたいという。裕美はただ傍聴、傍観しているだけだ。話の内容がさっぱり分からないのだから、メモを取っても、あまり意味がない。適当なところで席を立って、社長に命じられたコーヒーを淹れるほうに専念することにした。

十一時過ぎに「お客」が来た。裕美の予想どおり、白井と浅見だが、もう一人は見知らぬ男であった。浅見もそうだが、三十二歳の小野とほとんど同じような年代か、少し下かもしれない。

越川がまず会社の連中を紹介し、次に浅見を紹介した。もっとも、浅見のことを知らないのは小野ひとりだ。

そしてもう一人の見知らぬ男を「戸田亘さんです」と紹介した。

裕美は「あっ、あなたがあの電話の……」と言った。

小野も「ああ、おたくですか」と大発見でもしたような声を上げた。

越川夫妻は戸田の問題に関しては、すでに了解しあっているのか、越川が「はじめまして」とにこやかに挨拶している。春恵専務は少しぎごちなく、「しばらくね、元気でよかったわ」と言った。

「戸田亘は入ってきたときから伏し目がちで、おどおどした感じだったが、裕美の紹介のときだけ顔を上げて「その節はどうも、おかしな電話をして、すみませんでした」と挨拶した。

　そして、裕美から小野へと視線を移した瞬間、戸田は声には出さないが「あれ？」という顔になった。

　すぐに下を向いたので、気づかない者もいたが、裕美ははっきり見てとって、とても妙な感じがした。

　三人の客と社長夫妻がテーブルを囲み、裕美の淹れたコーヒーを飲んだ。小野も裕美も自分のデスクに戻って仕事にかかった。客たちは何か重要な話でもするのかと思ったが、それとなく聞いていると、そうでもないらしい。とりとめのない話題に終始して、間もなく三人の客は引き揚げた。越川は車で送っていくと言って一緒に事務所を出ていった。

　越川はエレベーターに乗るやいなや、浅見に訊《き》いた。

「何かあったのですか？」

「ええ、まあ……」

　浅見は曖昧《あいまい》に答えた。

「何なのです？　急に事務所を見たいって言われたもんで、何事かと思って緊張してしまいましたよ」

「そうなんですよ」と白井も言った。

「私もね、浅見さんが、昨夜遅く急に、戸田君を連れて三人で、ポロ・エンタープライズを表敬訪問しようと言うから、どういうことかと思って……ねえ、浅見さん、いったい何があったのですか？」

少し非難めいた口調であった。

エレベーターを降りて、ビルを出て、越川の車に乗り込むまで、二人の質問を浴びながら、しかし浅見は口を開かなかった。

四人が車に乗って、走りだすと、ようやく浅見は言った。

「その答えは、戸田さんの口から聞いたほうがいいでしょう」

浅見は助手席から振り返って、戸田に視線を送り、「戸田さん、どうでしたか、話してみてください」と言った。

「あの人……」

戸田はおずおずと、蚊の鳴くような声で言った。越川が焦《じ》れて、「ちょっと聞こえないんですけどね」と言った。戸田は「すみません」と謝って、声を張り上げた。

「あの小野さんていう人、このあいだ八雲町で会った人です」

「えっ？　八雲町で？……どういうこと、それ？　八雲で小野さんに会った？」

白井が立て続けに疑問をぶつけた。

「ええ、そうです、会いました——というか、ぶつかったのですけど」

「ぶつかったって、どこで？」

「白井さんたちに捕まった、あの川の近くです。いきなり走ってきて、なんだろうと思って立っていたら、真っ暗な中から飛び出してきて、突き飛ばされたんです。明かりの下で一瞬、見ただけですが、その人がさっきの小野さんでした」

「というと、遊楽部川のサケの採卵場のところで？……じゃあ、あのとき逃げたのは、きみじゃなかったのか」

「ええ、逃げようとしたら、投げ飛ばされて、あとは何も憶《おぼ》えていません」

「ふーっ……」

白井は溜息《ためいき》をついた。

「それ、本当かね？　本当に小野さんに間違いないの？」

「間違いないです。自分は照明屋ですから、人の顔にライトが当たっている瞬間のイメージっていうのは、大事にしているのです」

戸田はムキになって主張している。

「そう、そういうものなのか。しかし、それだったらさっき、挨拶《あいさつ》したときに何か言えばよかったじゃないの。小野さんはぜんぜんそんな素振りはなかったし……きみに気がつかないって、おかしいよ」

「それは、ぶつかったとき、小野さんのほうからだと、自分の顔は逆光になっていて、よく見えなかったのだと思います。それと、さっき、あの場所で何があっても、何も言ってはいけないって、浅見さんに言われていたものですから」

「えっ、そうだったんですか？」

白井は浅見に言った。運転席の越川も驚きの目をチラッと浅見に投げた。

「ええ、あらかじめそうお願いしておきました」

「じゃあ、浅見さんはこのことを予測していたってことですか？——つまり、八雲町に現われた男は小野さんだってことを」

「たぶんそうではないかと思ってました」

「しかし、どうして……どうしてそんなことが分かるのですか？」

「消去法です」

「消去法？」

「とくに北大植物園での事件を考えていて、分かりました。昨日の夜、白井さんが、ごく親しい人物なら油断したかも——という話をしましたね。その親しい人物を次々に消去してゆくと、該当する人物は小野さんだけだったのです」

「えっ、あの小野が北大植物園の殺人事件の犯人だっていうの？」

越川は上擦った声を出して、車を道路端に停めた。

「冗談じゃないですよ、浅見さん。うちの社員が犯人だなんて……」

エンジンを切り、完全に浅見に向き直って、事と次第によっては、ただではおかないとでも言いそうなポーズだ。

「まあまあ」と白井が越川を宥《なだ》めた。

「とにかく、浅見さんの話を聞いてみようじゃないですか。小野さんに疑いを抱いた根拠は何ですか？」

「ですから、一つはいまの、北大植物園の犯人でありうる可能性がもっとも強いということです。それから第二に、遊楽部川での出来事が、いまの戸田さんの証言で明らかになったようなものではないか——と考えたことです。そのとき、白井さんたちから逃げた男が、転んで捕まって、投げられた——なんて、そんなだらしのない相手であったとは思えなかったのです。おそらく、戸田さん以外に、もう一人の人物がいたにちがいないと思っていましたし、歳恰好《としかっこう》も戸田さんとそっくりだろうと思いました。それを確かめるには、戸田さんに首実検をしてもらうのが、いちばん手っ取り早いと考えたのです」

「うーん……」

白井は唸《うな》り声を上げた。

浅見は越川に気の毒そうに訊いた。

「小野さんというのは、どういう人なのですか？」

「どういうって……六年前に採用した男ですよ。ポロ・エンタープライズを創立して、しばらくは家内と二人だけでやってましたが、二年目に入るときに女性を一人雇って、その女性が結婚で辞めるというので、以前から話のあった小野を採用することにしたのです」

「話があったというと、前からのお知り合いですか？」

「いえ、知り合いというわけじゃないのですが、銀行の紹介で、空席があったら採用してくれと頼まれていたのです。融資の相談に行って、そこで頼まれました」

「銀行の頼みじゃ、いやとは言えませんね」

「まあそうですが、しかし小野はよくやる男ですから、不満はありませんでしたよ」

「銀行というと、もちろん北発銀行でしょうね？」

「そうですが？……」

「北発銀行の有賀副頭取ですか」

「ほう、よくご存じですなあ……もっとも、その当時はまだ融資部長さんでしたがね。それにしても、部長さん自ら対応してくれて、ありがたかったものですよ」

浅見は白井とすばやく視線を交わしてから、言った。

「銀行の紹介だと、雇う側も安心ですね」

「そう、それですよ。うちみたいなちっぽけな会社は、社員がおかしいのだと、もちませんからね。その点、銀行が保証しているのなら、安心して仕事を任せられます」

「だとすると、社外秘みたいなものも任せたりするのですか」

「そういう場合もありますね。いや、もちろん白井さんに関することには、いっさい触れさせませんけどね」

「しかし、知るチャンスは無限にありそうですね。たとえば、どこかに盗聴録音の装置を仕掛けておくとか」

「まさか……そんなことはしませんよ、小野にかぎって」

「しかし、白井さんの連絡場所は、札幌ではユリアンヌとポロ・エンタープライズしかないのでしょう。夜はユリアンヌに連絡するにしても、日中の連絡はポロ・エンタープライズのほうにも入れておいたのではありませんか？」

「それは、そうですが……」

「だったら、僕でさえ見破った暗号を、小野さんが気づかないはずはありません」

「………」

「昨日、白井さんに言った、ミスが連続して起きているという、そのどれにも共通しているのは、事前に情報漏《も》れがあったことが考えられるものばかりだということです」

浅見は越川のショックを緩和するために、少しゆっくりした口調で話した。

「八雲町で大山氏を救出できなかったケースも、明らかに情報漏れによるものだったのではありませんか？　僕は最初、ひょっとすると越川さんがスパイじゃないかと思ったのですが、北大植物園の事件の際、越川さんは白井さんと一緒だったのですから、少なくとも殺害の実行犯ではないことが分かります。もし越川さんの仕業でないとすれば、越川さんとほぼ同じ程度に情報に接することのできる、きわめて身近な人物――しかも、殺されたモンゴルの人と顔見知りである人物でなければならない――という結論になります」

「なるほど。だとすると小野さんしかいませんなあ。彼ならユリアンヌでモンゴルの男と一緒に飲んだこともあるし、油断があってもおかしくありませんよ」

白井は深刻な面持ちで頷《うなず》いた。

「それで、小野さんが敵のスパイだとすると、浅見さんの推理はどうなります？」

「一つは、ちょうどその時間に、タイミングよく覆面パトカーがいたというのが、まず怪しいでしょうね」

「じゃあ、あれも小野さんが……」

「ええ、そうして白井さんたちを食い止めておいて、モンゴルの人に白井さんの到着が遅れることを伝えたのでしょう。そしてモンゴルの人の油断を見て、背後からワイヤーかロープを首に引っかけ、一気に殺害したのだと思います。あとは現場を脱出して、パトカーに乗って、ゆうゆう立ち去ればいいわけですね」

「しかし、そんな……」

越川は泣きそうな顔をした。

「小野がそんなワルには思えないけど……もう六年も一緒に仕事をしているんですよ。よく働くし、気風《きっぷ》もいい男だし、まさか……いや、小野はそんな人間じゃありませんよ」

「『草』ですよ『草』」

白井が冷たい声で言った。

「忍法でいう『草』のような存在だったと考えれば、小野さんが犯人であっても不思議はないでしょう。現に私だって、日常はごく真面目なサラリーマンですよ。いや、あのルポ船のボスみたいな江場でさえ、肩書は北海道開発庁長官殿じゃないですか。ヨロイ建設の社長も北発銀行の有賀副頭取も、江場の魔手に操られて、右往左往、悪事に手を染めている。紳士の皮をかぶったワルどもは、いくらでもいますよ」

吐き捨てるように言って、白井は浅見に向き直った。

「昨日、浅見さんが言っていた手形のことですが、あれなんかも、その連中のやっている悪事を暴く証拠の一つですね」

「具体的にいうと、あれは何なのですか？」

浅見は素朴に訊《き》いた。

「あれを浅見さんは『カラ手形』と言われたが、それは徳永さんの言葉を鵜呑《うの》みにしたもので、本当にカラ手形かどうかは分からないのではありませんか？」

「ええ、そのとおりですが」

「かりにカラでも何でも、手形としての効力を持ち、ヨロイ建設から流れる金であることを考えれば、あれがどういう目的で振り出されたか、おおよそ推測できます。三十億円という金額は一千億円の三パーセント、三百億円の一〇パーセントであることは事実なのですから。道路の新設事業なのか、それともサッポロドームなのか、いずれにしても、現金でなく手形だというのがミソで、事業発注に対する見返り——つまり成功報酬としては妥当な金額なのでしょう。徳永さんが『カラ手形』と言ったのは、事業発注が行なわれてはじめて効力を生じる——という意味だと解釈できます」

「いま白井さんが言ったのと、ほとんど同じことを、中央署の刑事も指摘していました。しかし、それを北発銀行の有賀副頭取宛に送るように指示したのには、何か理由があるのでしょうか？」

「その取引に関して、北発銀行はカヤの外に置かれているからではありませんかね。北海道の経済界はもちろん、政界までも牛耳っているつもりの北発銀行としては、自分たちの頭越しに勝手な真似をされては面白くないでしょう。銀行幹部の有賀副頭取にとっては、まさに鼎《かなえ》の軽重を問われかねない。有賀氏がすぐに警察に届けたのは、浅見さんを告発するというより、不正な取引が行なわれていることをアピールするのが狙いですよ、きっと。そのへんのことを考えて、北発銀行へ送るよう指示した徳永さんという人も、かなりの臍曲《へそま》がりだったようですね」

「そうかもしれません」

浅見は徳永の面影を脳裡《のうり》に描きながら、言った。あの老人が「これがいいでしょう」と手形のコピーを渡したときの、自信たっぷりの表情が忘れられない。

「それにしても、その徳永さんのところには、その手の資料がかなりの量、あるにちがいない。息子さんの徳永次官がその資料をさらけ出すことになれば、事件の真相は意外なところに飛び火しそうだが……しかし、次官は沈黙を守るでしょうな。官僚とはそういうものです。あの人たちにとっては、市民や個人の尊厳より国家の安泰のほうが重要課題なのだから」

その官僚を兄に持つ浅見は身につまされたが、越川は憤慨した。

「それじゃ、まるっきり、悪いやつほどよく眠るじゃないですか。小野が悪いやつかどうか知らないけど、もしそれが事実だとしたら、うちの会社はどうなるんです？　そういう疑いがかかっただけで、こんなちっぽけな会社は吹っ飛んじゃいますよ。ようやく軌道に乗りかかったというのに……冗談じゃないですよ。そんなばかなことがあってたまるもんですか」

混乱して、言っていることが支離滅裂になっている。しかし、同じ業種の企業に身を置き、しかもポロ・エンタープライズの後《うし》ろ楯《だて》を務める白井としては、まったくの他人事《ひとごと》ではないらしく、腕組みをして唸《うな》った。

「うーん、思いがけない事態ですなあ。どうすればいいのか……浅見さん、何か考えがありますか?」

「僕の立場としては、警察に任せるほかはないとしか言えませんが」

「それで済むなら、何の苦労もありませんがね。しかし、それでは越川さんの言うとおり、最悪の結果になる」

「第一、小野が犯人かどうか、決まったわけじゃないでしょう」

越川は躍起となった。

「それはそうですが」

浅見はどこまでも冷静に言った。

「それを確かめるためには、警察のデータが必要ですよ」

「いや、そんなことはない。私が直接、彼に問いただします」

「そうなさっても、彼に『知らない』の一点張りでとぼけられれば、それっきりです。

何も証拠がないのですから」

「証拠がないのは警察だって同じことでしょう」

「いや、警察には実況検分のデータが揃ってます。たとえば北大植物園の現場に残された足跡など……」

言いながら、浅見の頭は方策を求めてめまぐるしく回転した。何かいい知恵が出そうな予感がした。

4

江場昭義北海道開発庁長官の講演会は、たいした内容のない、官僚が用意した原稿の棒読みのようなものだったが、パーティのほうは盛況だった。高い会費を払わされた企業や後援会の連中にしてみれば、せめて飲み食いで元を取らなければ――という気なのかもしれない。

江場はご機嫌で、会場を隈無《くまな》く歩き、参会者に愛嬌《あいきょう》を振りまいたり、コンパニオンの女性たちに、品のないジョークを言って、顔をしかめさせたりしていた。

その途中、白井信吾は江場に近づいた。グラスを手に捧げて、軽くお辞儀をしてから、「このたびはおめでとうございます」と言った。

「は？……ああ……」

江場は戸惑って、曖昧《あいまい》に応《こた》えた。「おめでとう」という挨拶《あいさつ》はこの日に相応《ふさわ》しいとは思えない。妙なやつだな――と見直したが知らない顔である。

「ほら、徳永次官のお父さんが亡くなられたじゃありませんか」

「なに？……」

江場は反射的に周囲を見回した。秘書もボディガードも少し離れている。

「あんた、そういうことを言ってはいかんでしょう。不謹慎ですぞ」

笑顔で怒った。

「しかし、長官にとってはおめでたいことではありませんか。なにしろ、長官の旧悪のすべてを知り尽くしている人が亡くなったのですからね」

「どういう意味かね、わしの旧悪などと。そんなもの、ありはしない」

「そうでしょうか。ルポ船関係のこととか、いろいろ資料を手に入れましたよ。小野という若いのが、徳永老人のところからしこたま仕入れてきましてね。それを高値で買い入れました。しかし、もし長官がお入り用なら、実弾と引き換えに差し上げてもいいですが……といっても、本物の実弾は徳永老人だけにしておいていただきますけどね」

言うだけ言うと、白井は目礼して江場から離れ、人込みの中に紛れ込んだ。

江場は秘書を手招きして「佐田はどこだ。佐田を捜してこい」と命じた。秘書が「いますぐにですか？」と問い返すのに「いますぐだ」と短く怒鳴った。ほんの一瞬だが、江場本来の、ブルドッグそっくりの獰猛《どうもう》な顔になった。

佐田がやって来るまで何人もの客の挨拶を受けた。煩わしいが笑顔は絶やせない。イライラが爆発する寸前になって佐田が来た。

「上々の盛り上がりでしょう」

得意そうに言った。

「そんなことはどうでもいいのだ」

江場は佐田を人気のない場所に連れていった。

「小野というのは何者だ？」

「小野ですか？　ああ、それはあれです。ポロ・エンタープライズにもぐり込ませたやつです。それがどうかしましたか？」

「まさか、徳永のじいさんを殺《や》ったのは、そいつじゃないだろうな」

「いや、小野ですよ。私は殺れとまでは言わなかったですが、あいつは止まらなくなりますからね。しかし、やり過ぎもしようがないでしょう。大山のときもあいつの働きで、うまいことといったのですから」

「それはいい。それはいいのだが、その小野というのが、徳永のところから、何か盗み出したらしい」

「何かとは？」

「いま妙な男が来た」

江場は最前の不愉快な男のことを話した。

「そいつは白井ですな、白井信吾」

風貌《ふうぼう》についておおよその説明を聞くと、佐田は断定的に言った。

「そういう脅しめいたことをやってのけるのは、白井ぐらいなものです。そうですか、白井が来ましたか。ぜんぜん気がつきませんでしたが、まだ札幌にいやがったか……」

会場を見回したが、白井の姿は見当たらなかった。

「白井か何か知らんが、どうなっているんだ。徳永の件にはおれが関与しているような口ぶりだったし、小野とかいうやつから、いろいろネタを買ったとか言うし、いったい何をやっているんだ」

「小野からネタを買った——ですか？」

「ああ、そう言っていた」

「そうですか……あの野郎、何も取ってこなかったなんて言いやがって……」

「小野にはちゃんと報酬を支払ったのだろうな」

「もちろんですよ。昨日の晩、手渡しました。しかし、そうですか、資料はこっちに持ってきても金にはならないが、白井に売りつければ高く売れますなあ。とんだ二重スパイですよ、やつは」

「二重スパイは珍しくないだろう」

江場は佐田に皮肉な目を向けた。佐田は反論しかけて、「へへへ」と卑屈に笑った。

「分かりました、始末します。近ごろの若いのは、ちょっと腕がいいかと思って使えば、すぐにつけあがる」

「とにかく、おれは知らんぞ」

「分かってます、間違いなくやります」

お辞儀をして頭を上げたときには、江場は二、三歩遠ざかっていた。佐田は聞こえないように「ちぇっ」と舌打ちをした。

＊

徳永家は一日遅れの通夜になった。昨夕、いったん帰京した徳永事務次官は、午過《ひる》ぎに千歳着。死亡届や埋葬許可証など、市役所のもろもろの手続きは他の人間が代行してくれたので、警察関係者や江場長官への挨拶を済ませて、父親の遺体が待つ自宅に戻った。日程的には、夕刻から江場長官のパーティに参加するつもりのスケジュールになっていたので、職務に支障をきたすことはない。

近所付き合いさえまったくなかった徳永家の前に、黒塗りの公用車が次々に到着し、去っていく。いったいどなた様が亡くなられたのか——と、通りすがりの人びとの好奇の目が、門の内に注がれる。

北海道知事を筆頭に、開発庁関連の役所の人びと、業者のトップクラスなど、さすがに徳永事務次官の人脈の広さを物語る。もっとも、通夜に訪れる人びとの多くは、その前後に、喪章を外し、ネクタイを取り替えて江場のパーティ会場に顔を出す。どちらかが——たぶん両方とも、ついでのようなものである。

浅見が訪れたとき、制服姿の北海道警察本部長と札幌中央署長が焼香をすませ、玄関先を引き揚げるところだった。

久元署長が気づいて「あっ、浅見さん」と呼びかけ、本部長の耳元に何か囁《ささや》いた。

「ほう、浅見局長の弟さんですか。いやあ、浅見君にはお世話になっております」

警視監の階級章で金ピカに飾られた本部長は、にこやかに握手を求めてきた。道警の本部長は、たしか兄・陽一郎より三期先輩のはずである。いまは階級の上では同格で、むしろ浅見局長の後塵《こうじん》を拝する恰好《かっこう》だが、「君」づけで呼んだのは、先輩であることを誇示したかったからにちがいない。

本部長と署長を見送ってから、浅見は建物の中に入った。一張羅のブルゾンの腕に黒い喪章を巻いただけの浅見は、この場の雰囲気にそぐわない。取材の記者が紛れ込んだような感じなのか、あちこちから冷たい視線が集まった。

来客の一人ひとりと挨拶を交わしていた徳永が、浅見の顔を見ると、近づいて「ちょっと、あちらへ」と言った。

奥まった広い洋間に案内された。壁はいたるところが本棚と、それに入りきれない書物で埋め尽くされている。

「ここが父の書斎です」

徳永は言って、二つある椅子の一つを浅見に勧めた。浅見はあらためて感慨に耽《ふけ》りながら、膨大な書物の山を見回した。

「僕にこれだけの知識があれば……」

徳永老人の死を悼む言葉の代わりに、思わず愚痴が出た。

「知識があっても、埋もれたままでいては、無意味ですよ」

徳永次官は自嘲《じちょう》するように言った。

「お父様が、あえて動こうとなさらなかったのは、次官への遠慮だと思いますが」

「私への遠慮？」

「最後にお会いしたとき、お父様は僕にこうおっしゃったのです。『何かができるかと思って生きてきたが、世間にとっては困った存在のようだ』と」

「そうですか、あの後、そんなことを考えていたのですか。それは私に叱られたことを言っているのですよ。たまに会った息子から世間知らず呼ばわりされ、ひとに迷惑をかけるな――などと言われては、生きる気力も失せたことでしょう。今度のことは、父が自ら死に向かって飛び込んだような気がしてなりません」

悲しそうに首を振って、

「ところで、浅見さんは、やはり動くつもりなのですか？」

「ええ、そのつもりです。ただ、次官に迷惑がかかる結果になっては、お父様のご遺志を無にするようなことになるので、それだけが気掛かりでなりませんが」

「いや、その斟酌《しんしゃく》は無用です。あなたがどのような手段で糾弾するつもりかは知りませんが、思いどおりやってください。ただし父の二の舞いにだけはならないよう、くれぐれも用心してくださいね。それと、私のことはともかく、兄上に迷惑のかからないようにもしなければならない。難しいが、誰かがやらなければ……そう、まず隗《かい》よりというから、私も動きましょうかな」

「次官が、ですか？」

「そう、不思議はないでしょう。私のほうがあなたより、はるかに裏の事情に詳しいのですからな」

言って、徳永次官は小さく笑った。

＊

翌朝の新聞に江場開発庁長官の記者会見の模様が載っていた。会見の中身の多くは通り一遍のものだが、本筋の記事そのものより大きく、〔ヨロイ建設急浮上か？――サッポロドーム計画参入〕という見出しが躍っていた。

これまで一貫して第一候補の呼び声が高かった、九州・福岡の「経和重工」に代わって、地元・札幌のディベロッパーである「ヨロイ建設」が、にわかに最有力企業として浮上したというものである。

新聞の「解説」は、このヨロイ建設の巻き返しに、どのような物理的作用がはたらいたのかはともかく、北海道の企業がサッポロドーム建設の主体になることは、まずは喜ばしい――といった、多少揶揄《やゆ》を込めた論調で書いている。

江場が泊まっている「札幌ロイヤルグランドホテル」には、朝から江場宛の電話がかかりっぱなしであった。江場は最初の二本だけに出て、あとは交換に取り次ぎをストップするように命じた。その最初の二本とも、経和重工の松枝社長からのものである。

松枝社長は火のように怒り狂い、濡《ぬ》れ落葉のように泣いて憐れみを乞うた。

「そんな無茶苦茶が許されると思っているのですか。これまで先生に注ぎ込んだ、二十億の金はどうやって回収すればいいのですか。いや、それだけじゃない、鈴本先生ほかの派閥の諸先生方への献金を合計すれば、五十億ですよ、五十億。お願いしますよ。約束したじゃないですか」

「しかし、あんたのところはもう、これ以上は出せないというのだろう。それでは派閥のお偉方は納得しないんだよ」

「そんな……なんとかしますよ。これからもつづけますから助けてください。でないと、心中ですよ、心中。社員全員とその家族が心中しなきゃならないことになります」

悲鳴に近かった。

「ははは、そんなことで心中するなんて、泣き言もほどほどにしなさい。死ぬ気になれば何でもできるじゃないか」

そう言って、江場は邪険に電話を切った。

ホテルの「北斗の間」で催された、北海道知事主催の昼食会には、主賓の江場のほか、道議会議長、札幌市長、保守党道連会長、商工会議所会頭、北発銀行頭取といったお歴々が連なり、その末席に、ヨロイ建設の藤島社長が顔を出していた。

どの顔も、国費が拠出され、いよいよサッポロドーム計画にゴーサインが出ることを期待し、祝福ムードに酔っている。各人いろいろと思惑はあるけれど、なにはともあれ、建設が決まらなければ話にならないのだ。

「江場長官、今度こそ、確かなのでしょうなあ」

商工会議所会頭が、疑わしい目をつくって笑いかけた。

「大丈夫、お任せください」

江場は芝居じみて胸を叩《たた》いてみせた。


部屋に戻って間もなく、江場を徳永が訪ねている。

「ただいま、滞りなく葬儀を終えてまいりました。長官にはいろいろとご迷惑をおかけして、申し訳ありません」

「いや、気にしておりませんよ」

江場はにこりともせずに言った。

「エリート官僚にとっては、しょっちゅう首がすげ替わる大臣なんかより、おやじさんのことのほうが大事でしょうからな」

「ご冗談を……私は何よりも職務を優先させるよう、努力しております。むしろ、長官のほうこそ、選挙対策やら政界工作やら、なにかとご多忙で、国事を顧みる余裕などおありにならないのではありますまいか」

「なに？　生意気な……たかが次官風情《ふぜい》で省庁のトップのつもりでいたら、大きな間違いだ。次官の一人や二人、その気になればいつでも切れるのだからな」

「ははは、官僚は大臣の思いのまま、言いなりにはなりませんよ」

「なるかならないか、やってみようじゃないか」

「それは面白いですなあ。では私のほうも、長官の首のすげ替えを試みましょう」

「ふん、そんなことができると思っているのかね」

「できましょうな。幸い、父親は死しても、皮を残してくれましたのでね。いろいろと長官の過去の罪状についての、興味深い資料が残っておりました」

「ふん、おやじさんでなく、それはあんたが集めた物だろう。こそこそとキツネのようなことを……しかしだ、そんなものを出せば、わしだけでなく、日本がひっくり返る。エリート官僚のすることではないだろう」

「いいえ、こんな日本は、いちどひっくり返したほうがいいのかもしれません。もっとも、そうならない前に、長官が勇退されることが望ましいのですが」

「ガキみたいなことを……徳永次官ともあろう者が、何をとち狂っているんだ。愚にもつかんことを言うものではない」

「いいえ、このさい、ぜひとも開発庁長官の職をお辞めになるよう、勧告します。議員であることについては、選挙民の意思に委《ゆだ》ねるといたしましても、庁の事務次官としての責任上、職を汚すがごとき人物を長官に戴《いただ》くわけにはいきませんので」

「いいかげんにしろ。身分を弁《わきま》えんか」

江場は怒鳴った。しかし、強気のことを言ってはいるが、江場の目には怯《おび》えの色が浮かんでいた。

＊

会談は結局、物別れになったようだ。徳永が江場の部屋を出てくるのを、廊下の遠くで見つけて、浅見は足早に近づいた。

「いかがでしたか？」

「ははは、箸《はし》にも棒にもかかりませんな。辞職勧告をしてみたが、逆に私の首を切ると言われましたよ」

エレベーターホールにはほかの客もいたので、話は中断した。

下から上がってきたエレベーターから紳士が現われた。せっかく仕立てのいいカシミヤのコートを、抜き襟のようにだらしなく着て、目が虚《うつ》ろだ。顔面蒼白《そうはく》、まるで夢遊病者のような歩き方で、たったいま徳永が来た方角へ歩いていった。

「経和重工の松枝社長ですな。なんだか思いつめたような様子だが……」

徳永は呟《つぶや》いて、気掛かりそうに松枝を見送った。

夕方には札幌を発《た》つという徳永と別れ、浅見は桑園シティホテルに戻った。フロントに井口部長刑事からの伝言があった。札幌中央署に電話すると、井口が待ち構えていたように電話に出て、「浅見さん、原野が現われましたよ」と言った。

「嬉《うれ》しいことに、自分のところに電話をよこして、けさの新聞を見て、黙っていられなくなったというのです」

「というと、江場氏が経和重工からヨロイ建設に乗り換えたことに腹を立てたというのでしょうか」

「そのようですな。身の危険を感じて隠れていたのだが、政治屋がやりたい放題をやっているのを読んで、我慢できないそうです。盗人にも三分の理というやつですか」

（ちょっと比喩《ひゆ》が違うかな――）と思ったが、浅見は黙っていた。

「これから原野と会うのですが、申し訳ないが、浅見さんも来てくれませんか」

「えっ、僕みたいな民間人が行ってもいいんですか？」

「ああ、原野は警察に出頭するわけじゃありませんからね。あくまで井口個人に会いたいと言っているのです。だいいち、警察はもう原野を無罪放免しているんだ」

井口は憮然《ぶぜん》として言った。

「どこへ行けばいいんですか？」

「どこでも、浅見さんの知っているところを指定してくれていいですよ。こっちは原野と一緒に行きます」

「だったら、裏参道の黄色い喫茶店がいいですね。井口さん、分かりますか」

「ああ、あそこなら知ってます。店の名前は忘れたが」

「ははは、僕もですよ」

電話を切って、浅見はすぐに部屋を出た。

5

小野知之がポロ・エンタープライズのあるビルを出たのは午後七時近かった。少し先の街角にスモールライトを点《つ》けた車が停まっている。なんとなく気になって、小野はいつもと反対の方角へ向かった。その車が発進しようとするのを追い越して、別の車のヘッドライトが近づいて、小野の脇で停まった。

「やあ、いま帰りですか、乗りませんか。もっとも越川さんに借りた車ですが」

運転席の窓から白井信吾が呼んだ。小野はむしろほっとして逆サイドに回って助手席に乗り込んだ。

「小野さん、誰かに狙われているんじゃありませんか」

白井が言った。

「後ろの車、怪しいのが三人乗って、小野さんが出てくるのを待って走りだそうとしていましたよ。ほら、来たでしょう」

振り返ると、その車がつけてくる。

「何かよからぬことでもやったんじゃないんですか？」

白井はチラッと小野に視線を飛ばして、からかうように言った。

「していませんよ、そんなことは」

「そうですかなあ。あの連中は警察ではなさそうだし、ひょっとするとヤクザかもしれない。ヤクザの女に手を出したとか、そういうこと、していませんか？」

「してませんて」

「だとすると何だろう？　やつらは仲間だろうと、身内だろうと、時と場合によって邪魔になると、あっさり消しにかかる非情の徒ですからね。何をするか分からない。まあしかし、こうやって走っているあいだは手を出すようなことはないでしょう。しばらくドライブに付き合ってください」

「こちらこそ、よろしくお願いします」

小野はときおり、後ろに気を配った。車はいぜんとして、五十メートルほどの距離を保ちながら従《つ》いてくる。

「小野さんはご家族は？」

白井が訊《き》いた。

「いや、いません、独り者です」

「ご両親はどちらですか？」

「ですから、いません。天涯孤独というやつです」

「えっ、そうですか、そうなの……」

白井の声が曇った。

「ははは、同情なんかしてもらいたくありませんよ」

「同情はしないが、私と同じ境遇だと思いましてね。私は捨て子だが」

「えっ、そうなんですか」

「まだ戦後何年も経ってないころのことですがね。私を産んだ女は、邪魔な私を捨てて、アメリカ兵と一緒に行ってしまったという話です。そのせいか、若いころ、妙にアメリカが恋しくて、何年か向こうで暮らしたことがありますよ」

車は暗い街をあてどもなく走っている。

「ものごころついてこの方、自分ほど不幸な人間はいないという、ひねくれた考えにとらわれていましてね。その反動のように、人と違う生き方をしようと、そればかりの半生でした。しかし、人並みに恋をし、結婚もしたが、天罰が下ったように、妻が死にました……ははは、私としたことが、こんな話を他人にしたのは初めてですなあ。いや、笑ってやってください」

「いや、笑いません」

小野はポツリと言った。

それからしばらく、二人とも無言で、ただ走った。

「佐田という男を知ってますね」

白井は重い口調で言った。

「ああ、知ってます」

「後ろの車、たぶん佐田です」

「そうみたいですね」

「あなたとは、どういう関係？」

「いまさら訊く必要はないでしょう。白井さんのことだから、すべてを知っているのでしょう？　自分を車に乗せた時点で、そう思いました」

「そうですか、分かっていましたか。勘のいい人だ」

「どういうわけか、分かるんですよ、白井さんのこと。似た者同士のせいですかね」

「ははは、そうかもしれない……しかし、最初にあなたのことに気づいたのは、私ではありませんよ」

「ほう、誰なのですか？」

「浅見という、このあいだポロ・エンタープライズに連れていったでしょう」

「ああ、あの人……しかし、どうして分かったのかな？　ごく最近でしょう、うちの社長たちと知り合ったのも」

「そう、まだ十日かな。しかし、八雲町であなたと戸田君がぶつかったことなど、あっさり見破った」

「えっ、戸田？……じゃあ、彼があのときの……そうだったのか。まるっきり気がついてませんでしたよ。ばかですねえ……」

小野は自嘲《じちょう》した。

「いや、あなたが六年間もポロにいて、佐田との繋《つな》がりに気づかなかったわれわれのほうがばかでしたよ」

「うちの社長はひとが好《い》いから……それに、そういうふうに教育されてきましたからね。真面目に、明るく、目立たず。あはは、それは白井さんだって同じでしょう」

「ああ、ＣＩＡでほんの少しね。あなたは旧ソ連で？」

「いや、その南です」

「そうか、じゃあ、ひかり公園で死んだ人と一緒？」

「ええ、いやな男でしたが、死に際はさすが教科書どおりでした」

「北大植物園はあなたですか？」

「ええ、あれが単独でやった初仕事です。顔見知りだし、仕事そのものは簡単だったが、恐ろしかった……しかし、終わった後、なんだか病み付きになりそうな気がして、その自分のほうが怖かったですね」

小野は泣きそうな顔で、声を立てずに笑った。白井は、この男を憎みきれない自分がもどかしかった。

「大山土現所長をやったのは佐田ですか？」

「そうです、私も現場にいました。遊楽部川の水を汲《く》みに行かされましたよ。それに大山の顔を突っ込んで溺死《できし》させた。あれは残酷でしたね。教育を受けているときは技能抜群で最優秀の折紙をつけられたりしたが、実戦となると違う。ヘドが出ました。それから死体を海に捨てに行った。私はサケの採卵場の近くまで様子を見に行けというんで、気軽に引き受けて行って、ひどい目に遭ったというわけです。暗かったからいいけど、もうちょっとでヤバいことになるところでした。実戦経験がなかったからしようがないけど、自分はこの仕事に向いてないのかもしれませんね。徳永のじいさんのところでも、あんなことになるとは思っていなかったし……」

「そうか、やはりあれもあなただったか」

「相手はボケたじいさんだから、行って、脅して、資料をまきあげてくればいい——という命令だったのですがね、実際はぜんぜん違った。植物園のときは計画どおりだったから、マニュアルに従ってすんなり決まったが、予定が狂うと慌てます。佐田の言うことは、まるっきり嘘っぱちで腹が立ちましたよ」

「佐田は小野さん、あなたを殺す気じゃないのかな」

「そうかもしれません。あいつは冷酷な男です。都合の悪い人間や邪魔な人間は殺すことに決めている。徳永のじいさんのところでヘマをしたときから、そうくるに違いないと思っていました」

「それで、どうするつもりです？」

白井は後ろを指さして言った。

「逃げるか、ぶつかるか、二つに一つしかないでしょう」

「警察へ行く考えはありませんか」

「警察？　ぜんぜん」

「自首するのがいいと思いますが」

「拘束されるのは、二度といやですよ」

「ほう、一度目はいつですか」

「中学のときに教師を刺して……」

「殺したのですか」

「いや、残念ながら」

「ははは……」

笑いから一転して、「ところで、あらためて訊きますがね」と、白井は怖い声になって言った。その返事によって、小野をどうするか決めようと思った。

「徳永老人を撃ったのはなぜです？」

「ああ、あれは……さっき言ったように、予定外のものの弾みでした。いや、恐ろしかったのかな。あのじいさんの目。真っ直ぐにこちらへ向かってきて、止まれって叫んだのだが、どんどん近づいてきて……ほんとに恐ろしかった。轟音《ごうおん》で気がついたら、じいさんが倒れていたんです」

「………」

白井は溜息《ためいき》をついた。それとそっくりの過去が、白井にもあった。ロスで、黒人の大男が山のように迫ってきて——夢中で引き金を引いていた。

「私のアパートへ寄ってくれませんか」

白井が無言でいると、小野が言った。

「そこに銃があります」

小野は戦うつもりなのだ。

「小野さん、やめようよ。やっぱり警察へ行こう」

「冗談でしょう」

「いや、あんたはまだ若い。これからの人生のほうが長いんだから」

「お説教はやめませんか。あなたらしくないです」

「私らしくない……そうかな、そういうものかな」

白井は長い歳月をかけて培ってきた自信が、ガラガラと崩壊するのを感じた。

小野の案内に従って、アパートに寄った。小野は車を降りるとき、「このまま行ってください」と言い残して、二階へ上がる階段を駆け上っていった。後は一人でやるつもりなのだろう。小野を見殺しにはできないと思った。

(しかし、どうやって——)

背後に停まったヘッドライトを、バックミラーで見つめながら、白井は焦った。やつらは当然、銃を持っているにちがいない。腕には自信があるつもりだが、丸腰のいまは逃げる以外に方策はありえない。

(早く出てこい——)

白井は小野のために祈った。後ろの車は白井の車が立ち去るのを待っている。しかし、それにも限界があるはずだ。痺《しび》れを切らしてやって来るのは目に見えている。

小野が姿を現わした。一瞬、踊り場で立ち止まり、白井の車がまだそこにあるのを確かめてから、駆け下りてきた。

背後の車が急速に接近してくるのが分かった。

「早く乗れ!」

白井は後部ドアを開けて小野に叫んだ。小野は「早く行って！」と叫び返した。背後の車はこっちの脇をすり抜け、前を斜めに遮断するように停まった。左右のドアから二人の男が降りた。銃を構えるのを見て、白井はブレーキを外し、アクセルを踏み込んだ。敵の一人がこっちに銃口を向けるのが分かったが、そのまま突っ込んだ。轟音とともに、左胸が噴火でもしたようなショックを感じ、同時に、敵の姿が跳ね上がるのが見えた。

小野が何か叫んだような気がしたが、それが白井の意識の最後であった。

＊

黄色い喫茶店は、浅見以外の二人ははじめてだった。井口も原野も、珍しそうに店内を見回している。

「いかにも裏参道らしい、いい店だねえ」

井口はお世辞半分に褒めた。

「コーヒーが美味《おい》しいですな」

原野はしかつめらしいポーズで、キリマンジャロを味わっている。

「徳永さん、ひどいことでしたなあ」

マスターはもっぱら浅見相手にその話をしたがった。その想いは浅見も同じだ。ついこのあいだまで、そこの椅子に坐り、テーブルに頬づえをついて、怪気炎を上げていた老人の姿は、ありありと脳裡《のうり》に蘇《よみがえ》る。

「犯人は分からないらしいじゃないですか」

「いや、そんなことはない。じきに捕まりますよ。警察が捕まえなければ、僕が捕まえてみせます」

浅見は彼にしては珍しく大見得を切った。井口は呆《あき》れたような目で見ているが、浅見はきわめて真面目だ。

原野はおそろしくおとなしい男だった。一見した印象では、堅物の能吏のようだし、たぶん見た目どおりの人物なのかもしれない。不起訴になったものの、むしろ身の危険を感じて、すぐに身を隠すあたりは、用心深い性格を物語っている。不起訴になったほどだから、手にした賄賂《わいろ》も高が知れているにちがいない。

しかし、そういう男でも、誘惑には打ち勝ちがたいものなのだ。というより、周囲と同化しなければ異端視される世界なのかもしれない。早い話、上司の大山に、業者からの接待やなにがしかの付け届けを受け取るよう勧められれば、いやとは言えないだろう。実益もある、悪い話ではないのだ。

「諸悪の根源はどこにあるのか、警察も検察もまるっきり分かっていないのです」

原野はたんたんとした口調で話す。

「私は、なるべく混乱を起こしたくないので、口を噤《つぐ》んでいましたが、本当に悪いのは大山所長なんかでなく、もっと別のところにいるのです。それを、私や大山所長を捕まえて、それで幕にしようとしているから、腹が立つのです。おまけに、その諸悪の根源の大ボスが好き勝手なことをやって、業者を泣かしている。こんなことは、断じて許しておくわけにいきません。はい」

「警察だって、もっと上を睨《にら》んで捜査を進めていたけどねえ」

井口が不満そうにクレームをつけた。

「それは、井口部長さんは分かっておいででしたが、警察の上層部のほうはだめです。検察だって、政界となると、二の足を踏むでしょう。いくら起訴しても、有罪になる確率がきわめて低いですからねえ。本音をいえば、検察も大山所長が亡くなって、ほっとしたのではないでしょうか。それ以上、上のほうを調べなくてすみましたからね」

「なるほど……」

浅見は感心した。大山が死んで検察がほっとした——などというのは、浅見にはまったく考えつかない発想であった。

「それで、原野さんは、その大ボスを叩《たた》く材料をお持ちなのですか？」

「はあ……」

原野は井口のほうに視線を向けた。言ってもいいのかどうか、訊《き》いている。

「じつはね、浅見さん、さっき電話する前に、原野さんから聞いたのだが、大ボスの悪事を暴露する材料ってやつが、意外なところにあるのです。どこだと思います？」

井口がもったいぶるので、浅見はすぐに気がついた。

「あっ、それ、もしかすると、徳永さんのところじゃありませんか？」

「えっ、分かっちゃうの？　驚いたなあ」

井口は口を大きく開けて、「ねえ、驚いたでしょう。この人は目茶苦茶、勘がいいんだから」と原野を見た。

「はあ、驚きました。そのとおりなのです。私は警察の捜査の手が伸びてくるのを知って、このままだと、何もかも自分ひとりの責任にされるような気がしました。それで、警察に押収される前に、手許《てもと》にあるだけの記録を、北海道開発庁の徳永次官さんのご実家にお送りしておいたのです。むだかもしれませんが、何もしないよりはいいと思いましてね。というより、いずれ、これが役立つことがある、次官さんには分かってもらえると信じていました。最終的に政治家を叩けるのは官僚ですからね」

原野は頭を上げ、胸を張って言いきった。いかにも無気力そうな初老の男が、急に大きく見えてきた。

なんとなく、三人は同時にカップを手にして、乾杯でもするようにコーヒーを啜《すす》った。

井口のポケベルが鳴った。電話をかけに行って、小声でしばらく喋《しゃべ》ってから、興奮した顔で戻ってきた。

「行かなくちゃならない。江場長官が襲われたそうです」

「えっ、江場氏が!……」

浅見は思わず中腰になった。

「じゃあ、犯人はもしかすると、経和重工の松枝社長じゃありませんか」

「えっ、どうして分かるんです?」

「さっき、札幌ロイヤルグランドホテルで松枝氏に会いました。そのときの様子がただごとではなかったし……それで、江場氏はどうなったのですか?」

「大学病院へ運ばれたが、刃物で数ヵ所刺されていて、かなりの重傷のようです」

原野が「ふぁふぁふぁ」というような、少しだらしのない笑い方をした。

「あんた、笑うんじゃないよ」

井口が警察官らしく、窘《たしな》めた。

どこかでサイレンが高く低く聞こえた。続けざまに三、四台のパトカーがどこかへ向かったらしい。

「いまのがそうですかね?」

浅見は訊いた。

「いや、ロイヤルグランドとは方角が違うでしょう」

井口は耳を傾け、首を振って、自分のコーヒー代をテーブルの上に置いた。

「詳しいことが分かったら、連絡します」

コートを鷲摑《わしづか》みにすると、肩で風を切るようにして店を出ていった。

「私も帰ります」

原野も井口を真似て、ポケットから細かい金を出して数えた。そういうつましさが、本来この男には似合っている。それに、奢《おご》ったり奢られたりする日本的習慣の延長線上に、贈収賄の根っこがあることに気づいて、神経過敏になっているのかもしれない。

「家族が心配してますのでね。それに、もう何も心配することがなくなりました」

はればれとしたように言った。皺《しわ》の多い瘦《や》せた顔が精気を取り戻していた。

原野を見送ってから、浅見はポロ・エンタープライズに電話した。ベルを一度鳴らしてすぐ、赤山裕美が出た。

「あっ、浅見さん……」

悲鳴のような声だ。喉《のど》が詰まったように、後がつづかない。

「どうかしちゃったんですか?」

浅見は不吉な予感がしたが、わざと陽気に言った。

「大変なんです、死んじゃった……亡くなっちゃったんですよ」

「えっ、亡くなった？　誰が？」

いろいろな顔が、フラッシュカットのように頭の中で点滅した。

「大同プロモーションの白井さんです」

「えっ、白井さんが？……」

「ええ、それで、専務が、浅見さんから電話があったら、すぐ来てくださるようにって言ってました」

「白井さん、どうして？……」

辛うじて、訊いた。

「撃たれたんです、ヤクザか何かに。小野さんも一緒にやられました」

「……」

浅見は言葉を失った。電話の向こうで、裕美が不安そうに「もしもし、もしもし」と呼んでいる。

＊

〔ユリアンヌ〕は、灯ともしごろの火曜日——であった。お客の出足はよく、八時ごろには瞬間的に満席状態に近くなった。

カラオケ好きのお客が、歌のうまいトモミを摑まえて、しきりにデュエットを歌いたがる。美穂子に気のある課長が、部下を三人連れて、いいところを見せている。加奈子は加奈子で、若いサラリーマンたちにもてていた。女性客も二人混じっている。〔ユリアンヌ〕は立花穏代で三代目だが、どういうわけか、伝統的に女性客が多い。店の女のコたちが誰もさっぱりした性格で、妙にベタベタしないのがいいのかもしれない。

穏代はカウンターで二人連れの客の相手をしていた。二人とも大手企業の札幌支店に勤める、いわゆるサッチョン族で、その片方が本社に転勤するそうだ。

穏代が「嬉《うれ》しいでしょう」と言うと、むきになって、「よくねえよ」と言った。

「札幌はいいよ。食い物は旨《うま》いし、女は……いや、女には縁がなかったなあ」

「嘘つけ」

同僚に冷やかされて、「いや、ほんとだよ」と、またむきになった。

「おれ、ママを口説きたかったんだけど、もはやタイムオーバーだ。諦《あきら》めておまえに権利を譲るから、今夜はおまえの奢りだ」

「ばか言え。権利どころか、手付けも打ってねえくせに」

大笑いになって、それからまた、「札幌はいいよなあ、平和で」としみじみ言った。

「だけど、さっきどこだかで、撃ち合いがあったそうじゃないか。平和とばかり言ってられないかもしれないぞ」

　同僚が水をさすように言った。

「あら、そんなのがあったんですか？」

　穏代は十二年前の事件を連想しながら訊いた。

「ああ、西区かどこか、あっちの方角で、ヤクザ同士が銃を乱射したらしい。福岡が物騒だと思ってたが、札幌もあやしくなってきたのかなあ」

「いやだわ、そんなの……」

「だいたい警察が怠慢だよ。拳銃《けんじゅう》を野放しみたいにしておくからいけないんだ」

「野放しにしてるわけじゃないだろ」

「いや、同然だと言ってるんだ。ヤクザなんか、拳銃の一丁や二丁、必ず持ってるに決まってるんだからさ、片っ端から家捜《やさが》しして、摘発しちまえばいいんだよ」

「ははは、いくら警察だって、そんな人権蹂躪《じゅうりん》はできないさ」

「ヤクザに人権なんかあるかよ」

「おい、そんなこと言ってると、どこかでヤクザが聞いてるかもしれないぞ」

「ん？　おい、脅かすなよ」

　首をすくめて、周囲を見回して、大笑いになった。

　十時近くなると、そろそろ腰を上げるお客が出てくる。

電話が鳴って、カウンターにいる穏代が受話器を取った。反射的に時計を覗《のぞ》くと、十時ピタリを指している。

「はい、ユリアンヌでございます」

つい声が弾んだ。

受話器の中は無言だった。「もしもし」と呼んだが、闇のような虚《うつ》ろがあるばかりだ。ときどき自宅にかかってくるいたずら電話を連想して、穏代の顔から笑みが消えた。

「切れちゃった」

つまらなそうに言って、受話器を置いた。

「彼氏だろ」転勤する客が真顔で言った。

「そんなのいませんよ」

「嘘つけ、そんなはずねえだろう、なあ」

仲間に同意を求めながら、「さて」と腰を上げた。

「東京へ行く前に、もう一度来るからね」

「嬉しいわ、お待ちしております」

「こっちも期待してるから」

かなり本気な口ぶりだが、仲間がすかさず、「だめに決まってるだろ」と言った。

ひとしきり汐《しお》が引くようにお客が帰って、奥のほうのひと組だけが残った。

穏代がカウンターの上を片付け終えたとき、ドアの脇から則行の顔が覗いた。

「何してんのよ、そんなとこで。一人？」

「いや……」

なんだか遠慮っぽく入ってくる後ろに、裕美が従っていた。少し俯《うつむ》きかげんで、妙によそよそしい。

「あら、いらっしゃい」

穏代が声をかけたが、黙ってお辞儀をして、則行の陰に隠れるような素振りだ。

「何よ、何かあったの？ 喧嘩《けんか》でもしたの？ それとも……」

（あ、結婚か——）と思った。もしかすると妊娠したのかもしれない。

（へえー、則行もなかなかやるわね——）

見直す目の先に、人影が映った。

「あら、浅見さんもご一緒なの？」

相変わらずのブルゾン姿の浅見が、悄然《しょうぜん》とした様子で入ってきた。

右端に浅見が坐《すわ》るのを待って、則行、裕美の順でカウンターの前に坐った。「ビールでいいわね」とグラスを並べても、ひと言も発しない。

「どうしちゃったんですか？ みんな元気がないわねえ、お通夜みたいな顔して」

「姉さん……」

則行が姉の軽口を制止するように顔を上げて、催促する視線を浅見に向けた。

「じつは……」と、浅見が青ざめた顔で、はじめて口を開いた。ただならない様子に、穏代も本能的に怯《おび》えた。

「白井さんが、亡くなりました」

「えーっ、そんな……」

笑って「冗談を――」とつづけるつもりの口が強張《こわば》った。浅見の顔を見つめる目が、焦点を失っていくのが分かった。

エピローグ

一夜明けて、札幌は昨日起きた二つの事件の話題で騒然となっていた。新聞は一応、現職の大臣が襲われた事件に重点を置いて、一面と社会面、それに経済面でも大きく取り上げていたが、一般市民の衝撃としては、住宅街で銃撃戦が行なわれたことのほうが重大事であった。

新聞、テレビは、市民を不安に陥れる銃社会の到来を予感させる出来事——といった論調で警察の奮起を促している。もっとも、警察当局としては、事件がどういう性格のものなのか、全体像を把握するまでは時間がかかりそうだった。

目撃者の話によると、どうしても暴力団絡みの撃ち合い——という印象が強い。

しかし、車を運転していて射殺された白井という人物は、東京のプロモート会社の幹部社員であり、射殺犯人で、白井の車に撥《は》ねとばされ、瀕死《ひんし》の重傷を負った佐田というのは、なんと、江場北海道開発庁長官の地元事務所の幹部であることが分かった。

さらに、白井と一緒に襲われ、二ヵ所に銃撃を受けた小野という男は白井と親しいポロ・エンタープライズという会社の社員だ。

彼らだけに限っていえば、暴力団――と即断できる要素は何もない。ただし、彼ら以外に、佐田の仲間と見られる二人の男が、事件直後、現場に車を置いたまま逃走した――という目撃証言があって、その二人があるいは暴力団関係の人間ではないかと考えられた。

警察はこの事件と、その直前に江場が、経和重工の社長に襲撃された事件との関わりに注目した。

深夜に行なわれた記者会見で、道警本部長は、二つの事件の背景にはサッポロドーム建設にまつわる利害関係があるものと判断して、刑事部捜査一課から四課までのスタッフを投入、広範にわたる捜査を開始することになった――と述べている。

事実関係の鍵《かぎ》を握るのは意識不明の重傷を負っている小野と佐田だが、病院側の発表によると、この二人が快復するかどうかは、きわめて微妙――ということであった。

＊

夜に入って西風が強まった。渡島《おしま》半島の西海岸ではみぞれ模様だという。冷たい風に煽《あお》られるように、人びとは家路を急いだ。

タクシーが停まって、浅見が料金を払い、先に降りても、穏代はシートに凭《もた》れ、ぼんやり俯いたまま、動かなかった。

「立花さん、着きましたよ」

浅見が声をかけて、はっとわれに返ったように、辺りを見回した。白石区本通《ほんどおり》の、穏代には見憶《みおぼ》えのある風景であった。

タクシーを出てから、足を止めて、「どうしようかしら」と躊躇《ためら》っている。

「行きましょう」

浅見は励ますように言った。

「でも、いまさら……」

「ははは、それは僕が言う科白《せりふ》です。行ってみたいと言ったのはあなたじゃないですか。いまさら引っ込み思案をして、どうするんです」

「そうなんですけど……でも、行けば惨めになるばかりですし」

「しかし、行かなければ悔いが残りますよ。もうじき、その部屋は人手に渡ってしまうのですからね。それに、警察はまだ、このマンションのことは知らないはずだし、何か重要な物が残されているかもしれない」

白井との唯一の思い出の場所がそこだ。穏代の脳裡《のうり》に、あの夜の、背中に回された大きくて温かい手の感触が蘇《よみがえ》る。

「行きます」

決然と言って、穏代は歩きだした。

小さなマンションの、ほの暗い階段を上がって、いちばん奥のドアの前に立つ。

「キーを」と浅見は催促した。

穏代は最後の躊躇いを捨てて、バッグからスペアキーを出した。白井がキーホルダーから外して、「これ、持っていて」とくれたのが、遠い昔のような気がする。

部屋は冷たい洞窟《どうくつ》の臭いがした。明かりをつけると、家具らしいものがほとんどない殺風景さが、あの夜のままになっていた。

「ほとんど使ってなかったみたいですね」

「ええ、ただ置いてあるだけっておっしゃってました」

伊藤直子の恨みを晴らすまで——と、白井は言っていた。その想いを果たせないままになったのか。

「もう、いいです」

穏代は言って、踵《きびす》を返した。

「奥にも部屋があるんですね」

ドアに向かう浅見に、穏代は「あっ、そっちはやめたほうが……」と言った。

「どうしてですか？」

浅見はチラッと穏代を振り向いたが、そのままドアのノブを引いた。穏代は目を閉じ、背を向けた。

ドアのかすかな軋《きし》みと、電気のスイッチの音が聞こえ、しばらく間があってから、浅見は「ああ……」と溜息《ためいき》を漏らした。

「立花さん、見てごらんなさい」

「いいです、見なくても。見たくありませんもの」

「どうして？　いかにも白井さんらしい優しさですよ」

「分かってます」

そうなのだ、白井の優しさにはちがいないのだけれど、あのまばゆいばかりのベッドルームを見れば、いっそう惨めさがつのる。

「分かっていて見ないなんて、それでは白井さんが悲しむでしょう」

なんてお節介なの——と思いながら、穏代は「じゃあ、見ます」と振り向いた。浅見がドアの脇に身を寄せた。

穏代は「あっ……」と小さく叫んだ。あの派手なダブルベッドが消えている。

ドアのところまで行って、部屋の中を覗《のぞ》いた。何もないガランとした空間の真ん中に、可愛らしい小さいテーブルが置かれ、写真立てが載っていた。

白い額縁に囲まれて、白井と穏代が頬を寄せるようにして笑っている。去年のクリスマスに、トモミが撮ってくれた写真だ。

「やだ、あの写真、まだ持っていてくださったのね……」

照れ隠しに笑うつもりが、涙声になった。

「待っていてくれる?」と囁《ささや》いた白井の声がどこかで聞こえたような気がした。胸の底から、熱いものがこみ上げてきた。

自作解説
――ご当地ミステリーの到達点――

内田康夫

一九八〇年の暮れに自費出版した処女作『死者の木霊《こだま》』が望外の評価を得たとはいっても、当時の僕はまったくのアマチュアでしかなく、どうやって小説を書くかに腐心しているような有り様だった。そのくせ、売れない小説を書いても意味がないという信念のようなものがあったのだから、ずいぶん生意気な「新人」だったと言える。

その頃、広告関係の仕事に従事していた関係で、商品はすべからく売れなければならない――という哲学が染みついていた。小説も商品であることに変わりはない。売れもしない小説を書いて、出版社に迷惑をかけることは犯罪行為に近いと信じた。

小説を書くコツのようなものは、第四作の『「萩原朔太郎」の亡霊』でほぼ習得できたと思う。そのあたりの事情については、同書の自作解説などで書いているけれど、「売れる小説」の極意に関しても、ほぼ同じ頃に一つの手掛かりを摑《つか》んだ。

第三作『後鳥羽伝説殺人事件』を上梓《じょうし》して間もなく、僕は広島県三次《みよし》市を訪ねた。

でもある。

『後鳥羽伝説殺人事件』は、後鳥羽上皇が隠岐島《おきのしま》に配流された際、難波《なにわ》の地から海路、尾道《おのみち》に上陸し、三次付近を抜けて島根県へ向かったのではないか——という伝説に取材して、三次警察署が舞台になった。いまをときめく浅見光彦が初めて登場した作品でもある。

この本は廣済堂出版から四六判単行本として刊行され、初版一万二千部。出版不況といわれる昨今、新人の作品としては信じられない初刷り部数である。

それだけに本の売れ行きが心配だった。前述したように、僕には売れなければ犯罪だという責任感があった。はたして僕のような無名作家の小説など、まともに流通しているのだろうか——と不安でならなかった。三次行きはその現実を確かめる旅であった。

一般的に言って、作家デビューは何かの新人賞を取るか、同人雑誌などで実績を認められ、あるいは「先生」の推薦を得て編集者に抜擢《ばってき》される——といったケースがほとんどだと思う。僕の場合、賞には縁がないし、もともと小説を書いてもいないのだから、出版関係者との付き合いもなかった。出版社としても、海のものとも山のものとも知れぬ新人の作品に、目立つほどの広告を出すとは思えない。つまり、どの観点から考えても、商品力はまったくないと言っていい。

というわけで、最初から悲観的な気分で三次駅に降り立った。恐る恐る駅近くの書店を覗《のぞ》くと、危惧《きぐ》していたとおり、平台はもちろん、どこの棚を探してもただの一冊も見つからなかった。既成作家の本がきらびやかに並んでいるのを横目に見ながら、僕はすごすごと退散するしかなかった。

それでも、せっかく来たのだからと、レジの前を通過する時、僕はごくさり気なく訊《き》いてみた。

「内田康夫とかいう作家が書いた『後鳥羽伝説殺人事件』とかいう本はありませんか」

「ああ、すんまへんなあ、切らしてます」

レジの女性は気の毒そうに言った。案の定である。ちなみに、欲しい本を出版社に問い合わせて、「品切れです」と言われたら、その本はすでに絶版になっていると思って間違いない。「切らしてます」というのも、それと同義語だと思った。(やっぱり――)と、いっそう気落ちして、店を出かかった時、女性が言った。

「三日くらい待ってもらえれば、また入荷する思いますよ。昨日まであったんですけどなあ。追加注文して、一週間前に二百冊入ったのが、全部売れてしもうて」

僕は耳を疑った。慌てて引き返して「そんなに売れたんですか?」と訊いた。

「はい、よお売れました。何でか言うと、三次が舞台になっとるミステリーですねん。私も読んだけど、面白いし、みなさんの評判もええみたいやしねえ」

胸の奥から熱いものがこみ上げ、あやうく涙をこぼしそうになった。

この時に得た教訓は二つ、地元を題材にした作品は、少なくともその土地の人や、その土地にゆかりのある人には読まれるということが一つ。そしてもう一つは、それ以前に、面白い――と評価される作品でなければならないということだ。

これが「ご当地ミステリー」のヒントになった。歌謡曲の世界では「ご当地ソング」が隆盛を誇っているのだから、小説にもそれが通用しない道理はない。無名の新人作家としては、タイトルだけでもインパクトのある作品であれば、いわゆる店頭効果を、ある程度は期待できるだろうと思った。

そうして六作目の『遠野殺人事件』（光文社）を皮切りに、『地名＋殺人事件』の定番ご当地ミステリーを相次いで書くことになった。とくに光文社のカッパ・ノベルスで発表する作品には徹底して『地名＋殺人事件』をタイトルに掲げた。同社ではこれをすでにある「トラベル・ミステリー」と一線を画す意味で「旅情ミステリー」と銘打って、意図的にそのスタイルを要求した。

一九八三年の『遠野』に始まって二〇〇〇年の『秋田殺人事件』（四六判）に至るまでの十九作品すべてがそうで、二十作目の『しまなみ幻想』で初めて路線を変えた。他社から出版された作品を含めると、五十作品が何らかの形で『地名＋殺人事件』のパターンである（『藍色回廊殺人事件』のようなやや変則的なものを含む）。

本書『札幌殺人事件』は、その四十七作目にあたる。一九九四年十二月に上巻、翌年一月に下巻を刊行した。上下巻が同時発売されないというのは、あまり前例がないらしい。これは原稿の進捗《しんちょく》が遅れたこともあるが、主として出版社側の事情によるものだ。書店など業界に発表した刊行予定を、なるべく履行したいのと、年度末を控えていることもあって、窮余の一策としてそうしたそうだ。上巻が二百四十ページ、下巻が三百二十ページ。なのに定価はいずれも八百円というのも、いかにも僕らしい無計画ぶりで、いまだから笑える話である。

それはともかく、『札幌殺人事件』はご当地ミステリーの集大成というか、到達点という意味合いのある作品だった。「カッパ・ノベルス」では、倉敷、津和野、長崎、神戸、横浜、博多など、観光地としても著名な都市を網羅してきて、いつかは書くと決めていながら、なかなか手をつけられなかった最後の取って置き——という意味からも、札幌はゴールに相応《ふさわ》しいテーマだったと思う。

初出である「カッパ・ノベルス」版のカバー裏に「著者のことば」として、次のような一文を掲げてある。

〔旅情ミステリーシリーズに「札幌」を登場させるには勇気を要した。札幌は単なる地方都市というより、それ自体が独立した国家のような風格を備えていて、そこに住む人々には強く高い矜持《きょうじ》があるような気がしたのだ。（中略）しかし、その洗練された都市にも日々の暮らしの哀歓があるし、ドロドロした人間模様や犯罪だってちゃんとある。その中に分け入って、たっぷりと札幌体験をした成果が『札幌殺人事件』である。」

また「下巻」のほうには次のような「著者のことば」を書いた。

〔この作品を書きながら、僕は札幌が――というより、北海道が新しい時代の幕開きを迎えようとしている予感を抱いた。二十一世紀を前に、北海道が変化を遂げるとしたら、それはどのような姿なのかに思いを馳せ、そこに生きる人々を描きたいと思った。〕

この文章からも、僕の気負った様子を垣間《かいま》見ることができるが、同時に、『札幌』をもって、『地名＋殺人事件』の方式にピリオドを打とうとしている気配が感じ取れる。実際に、すでに『札幌』の四年前、一九九〇年に講談社から出した『平城山を越えた女』あたりから、僕は「殺人事件」ばなれの方向へ転換している。『耳なし芳一からの手紙』（角川書店）『喪《うしな》われた道』（祥伝社）『鐘』（講談社）『薔薇の殺人』（角川書店）『風葬の城』（講談社）『透明な遺書』（読売新聞社）『沃野《よくや》の伝説』（朝日新聞社）等々が『殺人事件』を凌駕《りょうが》する勢いで刊行された。

『地名＋殺人事件』のタイトルが安直だという批判もあったが、無名にして弱小であった作家を、曲がりなりにもベストセラー作家と呼ばれる域にまで育てたのが「ご当地ミステリー」であったことは否定できない。安直と思われがちなだけに、『後鳥羽』の時に三次の書店で学んだ「面白く、いい作品」であろうと努めたことも、結果的には創作の質を高める原動力になった。そして、デビューから十四年を経て、ようやく僕は「ご当地」から卒業できたのだと思っている。その最後の「卒業論文」が『札幌殺人事件』だったと言え、それだけに僕は一入《ひとしお》この作品に愛着がある。とくにプロローグの書き出しのしなやかな雰囲気と、そしてラストシーンの感動は、自分の作品であることを忘れさせる鮮やかさがあると思う。

刊行からすでに十年を経て、札幌を巡る環境は変わっただろう。札幌だけでなく、社会全体がどんどん変化しつつある。たとえば携帯電話など、当時はまだなかったか、あったとしてもほとんど普及していなかった。交通機関の変化も著しい。作品に描写した事柄のいくつかは、現実にそぐわないものがあるかもしれない。しかし、それにもかかわらず『札幌』は、僕の作品の中では最もご推奨するに足るものの一つと信じている。

二〇〇五年春

浅見光彦倶楽部について

「浅見光彦倶楽部」は、1993年、名探偵・浅見光彦を愛するファンのために誕生しました。会報「浅見ジャーナル」（年4回刊）の発行をはじめ、軽井沢にあるクラブハウスでのセミナーなど、さまざまな活動を通じて、ファン同士、そして軽井沢のセンセや浅見家の人たちとの交流の場になっています。

◎浅見光彦倶楽部入会方法◎

入会申し込みの資料を請求する際には、80円切手を貼り、ご自身の宛名を明記した返信用封筒を同封の上、封書で左記の住所にお送りください。「浅見光彦倶楽部」への入会方法など、詳細資料をお送りいたします。ファンレターも受け付けています（その場合は封書の表に「内田康夫様」と明記してください）。

※なお、浅見光彦倶楽部の年度は、4月1日より翌年3月31日までとなっています。

また、年度内の最終入会受付は11月30日までです。12月以降は、翌年度に繰り越しして、ご入会となります。

〒389―0111　長野県北佐久郡軽井沢町長倉504
浅見光彦倶楽部事務局

※電話でのご請求はお受けできませんので、必ず郵便にてお願いいたします。

本書は光文社文庫（一九九七年九月）として刊行されたものに著者の校訂を得て、光文社より刊行された単行本（二〇〇四年四月）を分冊し、文庫化したものです。自作解説は書き下ろしです。

なお、本作品はフィクションであり、実在する団体・個人等とはいっさい関係がありません。

本作は一九九四年に執筆されたもので、社会的状況など現在と異なる部分もあります。

札幌殺人事件《さつぽろさつじんじけん》　下

内田康夫《うちだやすお》

角川文庫　13756

平成十七年四月二十五日　初版発行

発行者――田口惠司
発行所――株式会社角川書店
東京都千代田区富士見二―十三―三
電話　編集(〇三)三二三八―八五五五
　　　営業(〇三)三二三八―八五二一
〒一〇二―八一七七
振替〇〇一三〇―九―一九五二〇八

印刷所――暁印刷　製本所――コオトブックライン

装幀者――杉浦康平

定価はカバーに明記してあります。

う 1-64　ISBN4-04-160764-7　C0193

角川文庫発刊に際して

角川源義

第二次世界大戦の敗北は、軍事力の敗北であった以上に、私たちの若い文化力の敗退であった。私たちの文化が戦争に対して如何に無力であり、単なるあだ花に過ぎなかったかを、私たちは身を以て体験し痛感した。西洋近代文化の摂取にとって、明治以後八十年の歳月は決して短かすぎたとは言えない。にもかかわらず、近代文化の伝統を確立し、自由な批判と柔軟な良識に富む文化層として自らを形成することに私たちは失敗して来た。そしてこれは、各層への文化の普及滲透を任務とする出版人の責任でもあった。

一九四五年以来、私たちは再び振出しに戻り、第一歩から踏み出すことを余儀なくされた。これは大きな不幸ではあるが、反面、これまでの混沌・未熟・歪曲の中にあった我が国の文化に秩序と確たる基礎を齎らすためには絶好の機会でもある。角川書店は、このような祖国の文化的危機にあたり、微力をも顧みず再建の礎石たるべき抱負と決意とをもって出発したが、ここに創立以来の念願を果すべく角川文庫を発刊する。これまで刊行されたあらゆる全集叢書文庫類の長所と短所とを検討し、古今東西の不朽の典籍を、良心的編集のもとに、廉価に、そして書架にふさわしい美本として、多くのひとびとに提供しようとする。しかし私たちは徒らに百科全書的な知識のジレッタントを作ることを目的とせず、あくまで祖国の文化に秩序と再建への道を示し、この文庫を角川書店の栄ある事業として、今後永久に継続発展せしめ、学芸と教養との殿堂として大成せんことを期したい。多くの読書子の愛情ある忠言と支持とによって、この希望と抱負とを完遂せしめられんことを願う。

一九四九年五月三日

内田康夫傑作シリーズ

遺骨　内田康夫

殺害された製薬会社の営業マンが、密かに淡路島の寺に預けていた骨壷。最先端医療の原罪を追及する浅見光彦の死生観が深い感動を呼ぶ。

日光殺人事件　内田康夫

東照宮ゆかりの天海僧正は明智光秀だった？　日光近くの智秋家は明智と関係が？　智秋家の令嬢朝子の依頼で浅見光彦が「日光」の謎に挑む！

喪われた道　内田康夫

青梅山中で虚無僧姿の死体が発見された。浅見の前には「失われた道」という謎の言葉が…。内田文学の新境地となった傑作長編推理。

死線上のアリア　内田康夫

名器ストラディバリを護衛して欲しい!?　鴨田英作と犯罪捜査用スーパーパソコン『ゼニガタ』が活躍する表題作を収録した傑作短編集。

沃野の伝説(上)(下)　内田康夫

米穀卸商が水死体で発見された。死の直前に彼が電話をしたのは浅見光彦の母・雪江。浅見と〝信濃のコロンボ〟竹村警部が活躍する社会派推理。

怪談の道　内田康夫

核燃料の取材で鳥取県を訪れた浅見光彦は、小泉八雲がかつて〝地獄〟と形容した宿で美人異父姉妹と出会った。叙情溢れる文芸推理。

鳥取雛送り殺人事件　内田康夫

浅見光彦が新宿の花園神社を取材中、著名な雛人形作家の死体を発見。遺留品の桟俵は鳥取山中の流し雛に使われたものだった。本格ミステリー。

内田康夫傑作シリーズ

少女像《ブロンズ》は泣かなかった　内田康夫
毎朝、涙を流すという少女像。車椅子の少女・橋本千晶と娘を失った捜査の鬼・河内刑事の心の交流が難事件を解決していく名品四編を収録。

隅田川殺人事件　内田康夫
浅見光彦の母・雪江の友人池沢が再婚することに。だが、花嫁が式場へ向かう水上バスから姿を消す。錯綜する事件の中、光彦自身にも死の影が迫る！

長崎殺人事件　内田康夫
「殺人容疑をかけられた父を助けてほしい」作家・内田康夫のもとに長崎から浅見光彦宛の手紙が届いた。名探偵・浅見を翻弄する意外な真相とは。

美濃路殺人事件　内田康夫
愛知県犬山市の明治村で死体が発見された。残されたバッグには、本人とは違う血液に染まった回数券が。浅見は、取材先の美濃から現場に赴く。

竹人形殺人事件　内田康夫
浅見陽一郎刑事局長が苦境に立たされた。発端は、父親が馴染みの女性に贈った竹人形。弟の光彦は兄の窮地を救うために、北陸へと旅立つ！

斎王の葬列　内田康夫
忌わしい連続殺人は斎王伝説の祟りなのか。名探偵浅見光彦が辿りついた意外な真相とは!? 歴史の闇に葬られた悲劇を描いた長編本格推理。

朝日殺人事件　内田康夫
死者が遺したメッセージ〝アサヒ〟とは!? 名古屋、北陸、そして東北へ。名探偵・浅見光彦の推理が冴える旅情ミステリー。

内田康夫傑作シリーズ

歌枕殺人事件　内田康夫

歌枕にまつわるふたつの難事件。唯一の手がかりは被害者が手帳に書き残した歌。古歌に封印された謎に名探偵浅見光彦が挑む！　旅情ミステリー。

軽井沢の霧のなかで　内田康夫

何気ない日常のなかに潜む愛と狂気――。四人の女性が避暑地・軽井沢で体験する事件の真相は!?　危険なロマネスク・ミステリー。

日蓮伝説殺人事件(上)(下)　内田康夫

美人宝石デザイナー殺人事件に絡む日蓮聖人生誕の謎とは!?　名探偵浅見光彦さえも驚愕に追い込む真相！　伝説シリーズ超大作!!

薔薇の殺人　内田康夫

「宝塚」出身の女優と人気俳優との秘めやかな愛の結晶だった女子高生が殺された。浅見光彦は悲劇の真相を追い、乙女の都「宝塚」へ向かうが。

三州吉良殺人事件　内田康夫

浅見光彦は、母雪江に三州への旅のお供を命じられた。ところが、その地で殺人の嫌疑をかけられてしまう。浅見母子が活躍する旅情ミステリー。

追分殺人事件　内田康夫

ふたつの「追分」で発生した怪事件。信濃のコロンボこと竹村警部と警視庁の切れ者岡部警部が大いなる謎を追う！　本格推理小説。

盲目のピアニスト　内田康夫

突然失明した天才ピアニストとして期待される輝美。ところが彼女の周りで次々と人が殺されていく。人の虚実を鮮やかに描く短編集。

内田康夫傑作シリーズ

戸隠伝説殺人事件　内田康夫

数多くの伝説を生み、神秘性に満ちた戸隠。長野実業界の大物、武田喜助が「鬼女紅葉」の伝説の地で毒殺された。本格伝奇ミステリー。

平家伝説殺人事件　内田康夫

銀座ホステス・萌子は、三年間で一億五千万になる仕事という言葉に誘われ、偽装結婚をするが…。浅見光彦シリーズ最強のヒロイン佐和が登場！

本因坊殺人事件　内田康夫

鳴子温泉で高村本因坊と浦上八段とで争われた「天棋戦」。タイトルを失い高村は水死体で発見される。観戦記者近江と天才棋士浦上が事件に挑む。

後鳥羽伝説殺人事件　内田康夫

古書店で見つけた一冊の本。彼女がその本を手にした時、〝後鳥羽伝説〟の殺人劇の幕は切って落とされた！　華麗なる名探偵浅見光彦が誕生！

存在証明　内田康夫

照れ屋の正義漢？　身勝手な浅見光彦の友人？その実体は⁉　ボクが浅見か、浅見がボクか、軽井沢のセンセが語る本音エッセイ。

軽井沢通信
浅見光彦からの手紙　内田康夫

軽井沢のセンセが浅見光彦に宛てた手紙は、ユーモアあふれる玉手箱。小説では明かされなかったエピソードが満載!!

名探偵の挑戦状　赤川次郎、内田康夫
栗本　薫、森村誠一

三毛猫ホームズ、浅見光彦、伊集院大介、牛尾刑事――現代を代表する四人の名探偵が難事件に挑戦。ミステリーファン待望の豪華アンソロジー。